浙江师范大学非洲研究文库
非洲人文经典译丛

总 主 编 洪 明 刘鸿武
副总主编 胡美馨 汪 琳

解放了的埃塞俄比亚

Ethiopia Unbound

J. E. Casely Hayford

[加纳]J. E. 凯斯利·海福德 著

陈小芳 译

浙江工商大学出版社 | 杭州
ZHEJIANG GONGSHANG UNIVERSITY PRESS

图书在版编目(CIP)数据

解放了的埃塞俄比亚 / J.E.凯斯利·海福德著;陈小芳译. —杭州:浙江工商大学出版社, 2019.1
(非洲人文经典译丛 / 洪明, 刘鸿武主编)
书名原文:*Ethiopia Unbound*
ISBN 978-7-5178-2632-3

Ⅰ. ①解… Ⅱ. ①J… ②陈… Ⅲ. ①长篇小说—加纳—现代 Ⅳ. ①I445.45

中国版本图书馆 CIP 数据核字(2018)第044624号

解放了的埃塞俄比亚
JIEFANGLE DE AISAIEBIYA
[加纳]J. E. 凯斯利 · 海福德 著
陈小芳 译

出 品 人　鲍观明
策划编辑　罗丁瑞
责任编辑　罗丁瑞
封面设计　林朦朦
封面插画　张儒赫　周学敏
责任印制　包建辉
出版发行　浙江工商大学出版社
(杭州市教工路198号　邮政编码310012)
(E-mail:zjgsupress@163. com)
(网址:http: / /www. zjgsupress. com)
电话:057188904980,88831806(传真)
排　　版　杭州朝曦图文设计有限公司
印　　刷　杭州五象印务有限公司
开　　本　880mm×1230mm　1/32
印　　张　6.25
字　　数　115千
版 印 次　2019年1月第1版　2019年1月第1次印刷
书　　号　ISBN 978-7-5178-2632-3
定　　价　32.00元

版权所有　翻印必究　印装差错　负责调换

浙江工商大学出版社营销部邮购电话　0571-88904970

“非洲人文经典译丛”
编委会

总 主 编 洪　明　刘鸿武

副总主编 胡美馨　汪　琳

学术顾问 聂珍钊

编　　委 （按姓氏拼音排序）

鲍秀文　陈明昆　江玉娇　黎会华　骆传伟

王　珩　徐微洁　俞明祥　朱玲佳

本书的版权购买、翻译出版获浙江师范大学外国语学院学科建设经费、浙江省“2011协同创新中心”非洲研究与中非合作协同创新中心支持。

总　序

非洲文学作为世界文学的重要组成部分，既拥有灿烂的口头文明，又不乏杰出的书面文学，是非洲不同群体的集体欲望与自我想象的凝结。非洲是个多民族地区，每个民族都有自己的语言。仅西非的主要语言就多达100多种，各地土语尚未包括在内。其中绝大多数语言没有形成书面形式，非洲口头文学通过民众和职业演唱艺人“格里奥”世代相传，内容包罗万象，涵盖神话传说、寓言童话、民间故事、历史传说等，直到今天依然保持活力。学界一般认为非洲现代文学诞生于19世纪末20世纪初，五六十年代臻于成熟，七八十年代形成百花齐放的局面，迎来了非洲文学繁荣期。这一时期的一大特点是欧洲语言（英语、法语、葡萄牙语等）与非洲本土语言（阿拉伯语、斯瓦希里语、豪萨语、阿非利卡语、奔巴语、修纳语、默里纳语、克里奥尔语等）文学并存，有的作家同时用两种语言写作。用欧洲语言写作是为了让世界听到非洲的声音，用本土语言写作是为了继承和发扬非洲本土文化。无论使用何种语言创作，非洲的知识分子奋笔疾书，向世界读者展现属于非洲人民自己的生活、文化与斗争。研究非洲文学，就是去认识非洲人民的生活历程、生命体验、情感结构，认识西方文化的镜像投射，认识第三世界文学、东方文学等世界经验的个体表述。

20世纪末，世界各地的图书出版业推出各区域、各语种“最伟大的100本书”，如美国现代文库曾推出“20世纪最伟大的100部英语作品”，但是其中仅3部为非裔美国人所创作，且没有一位来自非洲本土。即便是获得20世纪诺贝尔文学奖的非洲作家也榜上无名。在过去百年中，非洲作家用不同的语言，以不同的形式和风格，创作了不同主题的作品。尽管这些作品被翻译成多种语言在世界各国出版，但世界对于非洲文学的独创性及其作品仍是认知寥寥，遑论予其应有的认可。在此背景下，在出生于肯尼亚、现任纽约州立大学宾汉姆顿分校全球文化研究所所长的阿里·马兹瑞（Ali Mazrui）教授的推动下，评选“20世纪非洲百部经典”的计划顺势而出。津巴布韦国际书展与非洲出版网络、泛非书商联盟、泛非作家联盟合作，由来自13个非洲国家的16名文学研究专家组成的评委会从1521部提名作品中精选出“百部”经典，于2002年在加纳公布了最终名单。这可以说是迄今为止最权威的、由非洲人自己评选出来的非洲经典作品名单。

细读这一“百部”名单，我们发现其中译成中文的作品只有20余部，其中6部为诺贝尔文学奖获得者所著，11部在20世纪80年代（含）之前出版。许多在非洲极具影响力的作家不为中国读者所知，其作品没有中文译本，也没有相关研究成果。相对欧美文学、东亚文学，甚至南美文学，非洲文学在我国的译介与传播远远不足。

非洲文学在我国的译介历史可追溯至晚清，但直到20世纪50年代才真正起步。这既有文化方面的原因，也有政治方面的原因。非洲虽然拥有悠久的口头文学历史，但书面文学直到殖民文化普及才得以大量面世。书面文学起步晚，成熟自然也晚，在我国的译介则更晚。中华人民共和国成立以后，非洲国家逐渐摆脱殖民枷锁，中非国家建交与领导人互访等外交往来带动了上世纪五六十年代的非洲文学翻译热潮。当时译入的大部分作品是揭露殖民者罪恶的反殖民小说或者诗歌，这和我国当时的意识形态宣传需求紧密相关。70年代出现了一段沉寂。自80年代起，非洲数位作家获诺贝尔奖、布克奖、龚古尔奖等国际文学奖，此后，非洲英语文学、埃及文学逐渐成为非洲文学译介的重心。进入90年代以来，我国学界开始从真正意义上关注非洲文学的自身表现力，关注非洲作家如何表达非洲人民在文化身份、种族隔离、两性关系、婚姻与家庭等方面的诉求。非洲文学研究渐有增长，但非洲文学译介却始终不温不火，甚至出现近30年间仅有2部非洲法语文学中译本的奇特现象。此外，我国的非洲文学译介所涉及的语种也不均衡。英语、阿拉伯语文学的译介多于法语、葡语文学，受非洲土语人才缺乏的局限，我国鲜有非洲本土语言创作的作品译本。因此，尽管非洲文学进入中国已有数十年，读者对其仍较为陌生，“非洲文学之父”阿契贝在我国的知名度也远不及拉美的马尔克斯、博尔赫斯。

不了解非洲文学，就无法深入理解非洲文化，无法深入开展中非文化交流。2015年初，浙江师范大学外国语学院策划了“20世纪非洲百部经典”译介工程，并计划经由翻译工作，深入解读文本，开辟“非洲文学研究”这一新的学科发展方向。经过认真研讨、论证，学院很快成立了“非洲人文经典译丛学术组”，协同我校非洲研究院，联合国内其他高校与研究机构，组织精干力量，着手设计非洲人文经典作品的译介与研究方案。学院决定首先组织力量围绕“20世纪非洲百部经典”撰写作家作品综述集，同时，邀请国内外学者开办非洲文学研究论坛，引导学术组成员开展非洲经典研读，为译介与研究工作打好基础。

2016年5月，由我院鲍秀文教授、汪琳博士主编的近33万字的《20世纪非洲名家名著导论》出版。这是30余位学者近一年协同攻关的集体智慧结晶，集中介绍了14个非洲国家的30位作家，涉及文学、社会学、人类学、民俗学、哲学等领域。同年5月，学院主办了以“从传统到未来：在文学世界里认识非洲”为主题的

“2016全国非洲文学研究高端论坛”，60余名中外代表参会。在本次会议上，我们成立了“浙江师范大学非洲文学研究中心”——这也是国内高校第一个专门从事非洲文学研究的研究机构。中心成员包括校内外对非洲文学研究有浓厚兴趣且在该领域发表过文章或出版过译作的40余位教师，聘任国内外10位专家为学术顾问，旨在开展走在前沿的非洲文学研究，建设非洲文学译介与研究智库，推进国内非洲文学研究模式创新与学科发展。

与此同时，我们从百部经典名单中剔除已经出版过中译本的、用非洲生僻语言编写的，以及目前很难找到原文本的作品，计划精选40余部作品进行翻译，涉及英语、法语、阿拉伯语、葡萄牙语与斯瓦希里语等多个语种，将翻译任务落实给校内外学者。然而，译介工程一开始就遇到各种意想不到的困难。仅在购买原作版权这一环节中，就遇到各种挑战。我们在联系版权所属的出版社、版权代理或作者本人时，有的无法联系到版权方，有的由于战乱、移居、死后继承等原因导致版权归属不明，还有的作品遭到版权方拒绝或索要高价。挑战迭出，使该译介工程似乎成了“不可能完成的任务”。但我们抱着“20世纪非洲百部经典值得译介给中国读者”的信念，坚持不懈，多方寻找渠道联系版权，向对方表达我们向中国读者介绍非洲文学和文化的真诚愿望。渐渐地，我们闯过一个又一个看似不可能闯过的难关，签下一份又一份版权合同，打赢了版权联系攻坚战。然而当团队成员着手翻译时，着实感受到了第二场攻坚战之艰难。不同于大家相对较为熟悉的欧美文学作品，中国读者对非洲文学迄今仍相当陌生，给翻译工作带来巨大挑战。在正式翻译之前，每位译者都查阅了大量的资料，部分译者还远赴非洲相关国家实地调研。我们充分发挥学校的非洲研究优势，与原著作者所在国家的学者、留学生，或研究该国的非洲问题专家合作，不放过任何一个疑惑。译介团队成员在交流时曾戏称，自己在翻译时几乎可以将作品内容想象成电影情节在脑海里播放。尽管所费心血不知几何，但我们清楚翻译从来都不可能尽善尽美，译文如有差错或不当之处，我们诚挚邀请广大读者匡正，以求真务实，共同进步。

在中非合作越来越紧密的今天，人文领域的相互理解也变得越来越迫切，需要双方学者进行全方位、多角度、深层次的系统研究。我们希望在中国文化走向非洲的过程中，也将非洲经典作品引介给中国读者。丛书的出版得到了浙江师范大学非洲研究院的大力支持，长江学者、院长刘鸿武教授是国内非洲研究领域的领军学者，对本项目的设计、推进提供了十分重要的指导意见，王珩书记也持续关心工作的进展。杭州电子科技大学非洲及非裔文学研究院院长谭惠娟教授在本项目设计之初就给出了宝贵的指导意见。借此机会，我代表学院向他们一并表示衷心的感谢！

“非洲人文经典译丛”的出版是我们在非洲文学文化研究的学术道路上迈出的第一步。随着我们对非洲人文经典作品的译介和研究的深入，今后将会有更多更好的成果与读者见面。谨希望这套丛书能够为中国读者了解非洲文化、促进中非人文交流尽一份绵薄之力。

浙江师范大学外国语学院院长

洪　明

2017年12月于金华

如果你没有去了解一个民族信仰的神，那你就不能自以为了解了这个民族。

——埃德加·基内

目 录

/ 第一章

埃塞俄比亚的保守派人士

二十世纪初，欧美那些享有盛誉的有识之士尚未决定应该把黑人民族的精神追求引向何方，而各非犹太民族却正设法对黑人民族的哀诉做出回应。这个被压迫的民族迫切要求给予其机会，但其祈求充其量不过是一种无能为力的哀号。迄今为止，从来没有一个伟大的民族不是依靠自己来塑造命运或创造机会的。

在这之前，人们已经发现黑人并不是存在于类人猿和人类之间的过渡动物。人们甚至认为，与雅利安人或其他种族相比，黑人没有什么可感到羞愧的。他拥有聪慧的天资，是一种结构完美的生物，为了生活能适应任何一个地方。从社会学的角度来说，他已经在当代历史上成功地记载了不为西方人所知的家庭生活观。而且，他传承了自己所特有的一个精神领域。当西方国家耗尽精力去争取那些自身无法满足的东西而无果时，他们通常会向黑人民族寻求灵感。他们发现只有在这些民族身上才能找到促进纯粹的利他主义的因素，而纯粹的利他主义正是人类一切经验的发酵剂。

这个时候，漫画家们也已经黔驴技穷。举个例子，就描绘黑人民族而言，漫画家们除了把桑给巴尔[①]的苏丹描绘成一个衣着整齐、精神焕发的黑人绅士外，已经别无他法了。

他们中存在着上帝之子，诸神仍会同往昔一样向其朝拜。即使现在，三大洲的上空还响着杜波依斯[②]、布克·华盛顿[③]、布莱登[④]、邓巴[⑤]、泰勒·柯尔律治等的大名。这些人无论在活动领域还是在知识领域都取得了不俗的成绩。在欧美的大学里，如果你遇见孜孜追求知识之树的埃塞俄比亚[⑥]子孙，也绝非一件不同寻常的事。

---

① 桑给巴尔（Zanzibar）：原是非洲的一个独立国家，1964年加入坦桑尼亚。

② 杜波依斯（Du Bois，1868—1963）：美国社会学家、历史学家、民权运动者、泛非主义者、作家和编辑。

③ 布克·华盛顿(Booker Taliaferro Washington，1856—1915)：非裔美国教育领袖，创立了“塔斯克基学院(Tuskegee Institute)”，同时也是作家，著有《超越奴役》。他是1890年到1915年之间美国黑人历史上的重要人物之一。

④ 布莱登(Edward Wilmot Blyden，1832—1912)：利比里亚作家，发起了泛非主义运动，被称作“泛非主义之父”。

⑤ 邓巴(Paul Laurence Dunbar，1872—1906)：美国黑人作家、诗人，善于用方言进行诗歌创作，代表作有《橡树与常春藤》。

⑥ 埃塞俄比亚（Ethiopia）：非洲东北的一个国家，第二次世界大战之前一直保持独立，因而被作者视为自由、独立的象征。本书中的埃塞俄比亚人泛指所有的黑人。

就在我们写这些文字的时候，两个年轻人正肩并肩地走在伦敦的托特纳姆法院路上。他们不时地停下来，或在一些二流的书摊上翻阅那些又旧又脏的书，或在古玩店里欣赏一下稀奇古怪的文物。

不一会儿，两人在通往贝德福德广场的小街上一家看上去特别古旧的书店前停了下来。其中肤色较深的那位男子在书店外面的摊位上捡起了一本被翻得破破烂烂的马可·奥勒留[①]的作品，漫不经心地翻阅了起来。突然，他停了下来，若有所思。接着，他转过身对旁边的朋友说："过去所有伟大的宗师在思想和表达上都有惊人的相似。这不是很有意思吗，怀特利？你看看马可·奥勒留在这里写的话。"他开始大声地朗读《沉思录》中的一段话："当别人那样祷告说：我怎样才能不丧失我的幼子呢？而你要如此祷告：我怎样才能做到不害怕失去他呢？"他又问："作为一个神学院的学生，你如何理解这句话呢？"可还没等朋友回答，他又补充说："这听上去不是和我们神圣的拿撒勒教义——凡要救自己生命的，必丧掉生命——或诸如此类的话非常相似吗？我现在想知道耶稣基督和马可·奥勒留有什么共同之处。"

"坦白说，夸曼克拉，"怀特利回答，"我以前从来没有考虑过这

---

① 马可·奥勒留（Marcus Aurelius，121—180）：思想家、哲学家，161—180年任罗马帝国皇帝。他是斯多葛学派代表人物，被誉为"帝王哲学家"，代表作品是《沉思录》。

个问题，但现在既然你提到了，我想，仅仅从辩论的角度来看，我们首先要考虑的问题是耶稣基督是人还是神。”

夸曼克拉惊奇地抬起了头：“你真让我吃惊，怀特利！我觉得在所有人中，你是最不可能对这个问题的答案有任何怀疑的人。我一直以为你是要接受圣职的。”

怀特利看上去似乎被弄糊涂了，但很快恢复了镇定。他对同伴说：“我们走吧。”

他们继续闲逛，怀特利解释说：“夸曼克拉，你知道，我在走路时会说得更好。现在我来回答你刚才提出来的问题。我一度想过要当牧师，甚至现在我也许还是这么想的。但是，近来一件有点邪恶的事，如同一个无法解开的疑团，正日夜困扰着我。这与我刚才在书店提出的问题甚至完全相同。”

“好吧，怀特利，我都不知道该说些什么了。在这些问题上，我当然自认为是个局外人。你看我们这些异教徒远道而来，来到迦玛列[①]门下”，他调皮地笑着说，“你们总是怀疑我们在一些大问题上寻求比较和启发的做法。这对于我们来说过于冷酷无情。但是，在我们的体制中，我无法想象你现在正在经历的困难。耶稣基督，是人，还是神呢？”他慢慢地、若有所思地重复着这个问题。突然，他转向他的朋友：“怀特利，你知道，自从我把你们的

① 迦玛列（Gamaliel）：据说是历史上有名的律法老师，也是当时犹太人最高宗教管治的犹太公会的成员。

语言作为更深入地研究你们的哲学的方法而非作为思想的载体来学习后，我一直在努力探索‘神’这个单词的根本思想。就我目前的研究发现来看，这是一个盎格鲁-撒克逊单词，在日耳曼语中它是‘Gutha’，据说和‘好’这个单词完全不同。有人也许会问，那么是出于何种原因，把它和所有好的、无所不在的、无所不知的、无所不能的源泉联系起来的呢？当然，认为神是好的、无所不在的、无所不知的、无所不能的想法是从和我们一样是异教徒的罗马人那里借用过来的。事实上，罗马人过去也有很多地方是通过希腊人向埃塞俄比亚人学习的。”

转了一两个弯后，这两个年轻人就到了罗素广场，不久他们就走到了贝德福德广场。到了一间屋子的门外，两人中肤色更深的那个人取出了一把弹簧锁钥匙，开门后请同伴先走进去。所有的房间都是按照东方的风格来摆放家具的，除此之外，并无其他特殊之处。房间的角落里零星地摆着几条长沙发椅，上面垫着丝绸装饰的厚垫子，地上铺着又厚又软的豹皮毯。墙上挂着一些纪念品，主要是一些非洲兵器。房间里还可以看到各式各样的乐器。有些乐器看上去非常简朴，让人不禁怀疑它们如何能吹奏出和谐的乐声。一个放得满满的架子，一张散落着一些书写稿的普通橡木桌，以及零星地摆放在房间内的几盆花，这就是我们的客人被邀请进去后看到的一切了。微笑着把客人安置在房中唯一的安乐椅上后，夸曼克拉自己一屁股坐在客人旁边一个低矮的座位上，摇了摇边桌上的铃，要了一些点心。

“希望你别介意我的东半球风格，” 夸曼克拉说，“你知道，虽然我已经在这个国家住了很长一段时间了，但无论去哪里，我还是时不时地想闻点非洲的气息。”

“这很正常，至少对于沉着冷静的人来说，”不过，怀特利马上纠正了自己，“但我不能理解的是，从你的工作方式上，根本看不出一点东方人的风格。”他调皮地看了一眼夸曼克拉的书稿：“从那边的那堆东西来看，没有人会认为你是到这儿来度假的。”

“哦，那只是假期的一点点衍生物而已。你不知道这多有趣。要不要看看我在做什么？”

“太好了！荣幸之至。”

“我应该很快就能完成了，” 夸曼克拉兴奋地说，“你看，我已经写到字母‘Y’了。对了，这提醒了我。你还记得刚才我和你提到盎格鲁–撒克逊语中‘神’这个观念的微弱性吧？我刚想到了芳蒂语[①]中一个相对应的词。这是一个非常大的词，大到你几乎没法掌控。它就是NYIAKROPON[②]。你从这个词中感受到一些意思了吗？你是如何感受到这种意思的？我可以向你保证，我的朋友，

---

① 芳蒂语（Fante）：加纳共和国的民族语言。加纳共和国的官方语言是英语，另有埃维语、芳蒂语和豪萨语等民族语言。芳蒂语主要是居住在加纳南海岸的芳蒂人所说的语言，是尼日–刚果语系库阿（Kwa）语支的主要变体。

② 芳蒂语，音译为尼亚克罗庞神，即芳蒂人认为的掌控世上万物及管理众神的神。

这绝不仅仅是一句粗俗的土话。它把完全不同的字根组合在同一个单词中。它可以追溯到可见万物的根源，把人类智慧与伟大的宇宙智慧联系在了一起。如果把这个词按照组成部分分解开来，像这样，我们就得到了Nyia nuku ara oye pon， 意思就是：独自一人的他是伟大的。”

怀特利兴致勃勃地听着：“这太有启发性了！你要不说，谁能想到这个呀?”

“好，那就让我们接下来看看下一个单词，Nyami[①]，这个单词更有启发性。把它分解开，就极为明显了：Nyia oye emi，意思就是‘他就是我’。现在来比较一下我们对希伯来语中的Iam的理解吧。这也不是用字根来做的异想天开的把戏，因为我们的民族到现在还在唱着：

谁说他和上帝是同等的?
人就存在于今天，明天他就不在了，
我是从永恒到永恒。[②]

---

① 芳蒂语，意为“伟大的”。

② 原文为：Wana si onyi Nyami se?
Dasayi wo ho inde, okina na onyi,
Nyami firi tsitsi kaisi odumankuma.

夸曼克拉继续说着，他的声音低沉而又悲伤：“你现在可以理解为什么刚才你的困难让我很吃惊了吧？但既然提到了你的困难，我想这也许是你们语言的局限性造成的。”

“在看了你刚刚向我展示的那些后，我必须得承认你说的话很有道理。不知怎的，你们东方人成功地把握住了永恒的真理，而我们西方人则在真理中挣扎迷失。”

“请原谅，我的朋友，事实并非完全如此。你们西方人只是飘呀飘，飘离了你们建在沙中的古系泊处。耶稣基督来自东方。他出生于伯利恒，在埃及长大，然而，你们却力图教我们认识他。我们早已经学会他的精神并得以生活，而你们却按照他教义的字面意思随风四处辗转。请原谅我这么说，我还是认为世界的未来在东方。在下一个世纪，精神力量输出最大的国家将引领整个世界。正如来自非洲的佛教传播到亚洲一样[1]，非洲也许能再次一路领先。”

“我不准备和你争论这件事，夸曼克拉。你的话听上去似乎很有道理，但是，我内心深处的疑团怎么办？你知道，这是件私事。总之，论及基督，你的意见如何？”

“你是一个多么聪明的辩论能手，怀特利！如果不是那么了解你，我很难相信你说的是真的。你把我刚才问你的问题扔回给了

① 原文作者认为佛教是从非洲传入亚洲的，但目前译者尚未找到相关文献来支撑该观点。

我，把解开我自己这个谜语的重负又抛回到我身上来了。”

怀特利的声音低沉而悲伤：“如果我刚才看起来很轻率的话，夸曼克拉，请原谅我，但我这一生中从未如此认真过。我的职业生涯已经陷入危机了，这个危机随时可能成为我的灾难。而且，时至今日，我从未敢和任何一位朋友提起过这个疑团，因为我害怕他们会因此而嘲笑我。”

夸曼克拉看了一眼他的朋友，眼中全是洞悉和同情。这一刻，怀特利在这个东方学生探究的眼光下觉得很不自在。在他看来，夸曼克拉似乎已经发现了他的内在本性，觉得他很肤浅。

“怀特利，在我们看来，广阔的神性贯穿于人性之中。我们是人还是神，这要取决于我们在多大程度上受着神性的影响，而神性总是影响着我们的人性。比较这些不同的体系之后，我必须承认凡人耶稣基督比他前后的任何宗师都具有更大的神性。我刚才在考虑耶稣基督和马可·奥勒留有什么共同之处时也想到了这点。

“但是怀特利，请告诉我，假如耶稣基督不是大卫的后代玛丽亚生育的，而是一位埃塞俄比亚的妇女生育的，你认为他给世人的影响会不会因此而不同呢？”

“好奇怪的问题！我们的主是由一位埃塞俄比亚的妇女所生的？”怀特利回答说，他已经暂时忘了自己的疑惑了，“到底是什么使你产生了这样的想法？我敢肯定你是第一个有这种想法的人。”

“是，是很奇怪，”夸曼克拉的声音中充满了悲怆，“一个非洲人居然胆敢认为神的生母也许出自他的民族。我很理解你的想法，但是，请你告诉我，我这想法有何不同寻常之处？”

“噢，我不知道。我想大概是思维定式、习俗或者诸如此类的原因吧。而且，我也没资格说这些事。”怀特利的语气软了下来。

他站起来准备离开。在看待自己的民族上他自然比夸曼克拉更西方化。离开之前，他一只手放在夸曼克拉的肩上，认真地看着他的脸，说：“夸曼克拉，很遗憾没能在我职业生涯的更早期认识你，但即使是现在，也为时未晚。再见！别忘了夜间列车开动前在利物浦街火车站前见面。再见！”

/ 第二章

播种恶果

房间里一片安静，只听到一个女子一针一针做刺绣活儿的声音。这女子刚过花季的年龄。她最初刺绣仅仅是为了打发时间，但是现在她正狠狠地把针扎进绣品内，仿佛要从柔软的丝线中扎出一些秘密来。

不一会儿，她开始哭泣起来，灼热的泪水滚滚而下。她努力想平息内心的狂躁，却无能为力。

房间的窗帘没有拉起来，一个年轻的学生毫无必要地不停拨弄壁炉里烧得很旺的火。对屋内的两个人来说，除了壁炉里燃烧的火外，房内的气氛很奇怪地和屋外的大雾相一致。这两个人是——至少在上帝面前是——一对夫妇。在遥远的非洲，他自愿向她求了爱，她也同意了。不过这已经是几年前的事了。那时候的她还是一个身材丰满、活泼可爱的小姑娘，而他则是国立大学的一位青年才俊。现在，在英格兰的她只是一个育婴女佣，而他却是一位学有所成的学生，高才博学的他已经为取得巨大的成功随时做好了准备。没错，他们是夫妻，但是，现在他们俩都觉得很不自在。这位年轻男子宁愿出去，到屋外的伦敦大雾中，但他不能走。这就是补偿法则。他已经陷入自己编织的法网，所以命运要求他必须勇敢地承担后果。

替坦多尔·库玛说句公道话，没错，坦多尔·库玛正是这位年轻人的名字，他过去一直打算坚定不移地履行自己对埃库巴的诺言。但现在环境已经改变了，他也正尽自己最大的努力来应对一个巨大的难题：他，一个已经习惯了英国的种种舒适生活的专业人士，怎么可以带着一个育婴女佣回到非洲去开创自己的事业呢？如果让他到总督府就职，他会做什么工作呢？他脑海里闪过诸如此类的想法。一想到这些，他就不由得对在自己脚边苦苦哀求的妇女无动于衷了。

“如果你再哭，埃库巴，我就马上离开你。你也知道，在这么糟糕、沉闷的天气，让我费尽心思来哄你是件很糟的事。”

“得了，坦多尔·库玛，你不必为这事费心了。我知道无论如何你都会离开我的。你不要以为我活了这么多年还不知道你们男人是怎样的。你们喜欢柔弱女子。可一旦获得她们的同情，你们就会为了自己的梦想甩掉她们，就像现在这样。”她狠狠地踢了一下壁炉前的地毯。

“好了，埃库巴，你讲讲道理吧。你千万别以为我要抛弃你。尽管我们男人很坏，但是我们有自己的理想。在实现理想前，我们是决不会闲下来的。”

“很好！这是我听过的最言不由衷的话了！接下来你要做什么呢？祈求？当然，女人们是没有理想的！没有文化的女人没有感觉，也不会思考！她们就像你们男人手中的黏土，任凭你们揉捏——要么创造，要么毁灭。”

“你现在已经失去理智了。我们还是心平气和地来讨论这件事吧。”

埃库巴没能做到心平气和，相反，她突然悲伤起来，这让坦多尔·库玛感到束手无策。渐渐地，她冷静了下来，往自己的头饰上插了一两根别针后，便拿起外套，站起来准备离开。

“坦多尔·库玛，”她说，“你有你的理想，我也有我的理想。让我们像朋友一样分手吧。我绝不会让你有机会像一个卑鄙小人那样抛弃我的。现在，让我们再见吧！也许我们以后还会再见面的。”没等这个年轻的学生想好应该如何得体地回应，埃库巴就离开了。

/ 第三章

爱与生命

1

在这些民族研究开始之际，曼特西皮姆国立大学的相关研究已经在芳蒂的大地上开展得如火如荼了。它诞生于一八九七年席卷全国的民族运动。在那些风雨飘摇的日子里，人们紧密地团结在原住民协会的周围，成功地确立了促进这个国家此后蓬勃发展的土地所有制原则。

很久以来，芳蒂大地上有威望的有识之士就已经意识到：拯救民众的出路就在于教育；对国内的青年人进行的教育要依赖训练有素的教师；而对教师提供这样的培训正是一所大学应该承担的工作。

这些有识之士没有等待富人、慈善家或热衷赚钱的财团的捐赠来开展这项工作，而是很快地召集了一群热心的年轻人。这些年轻人奔波在各个地区。他们走街串巷，向民众宣传国家因为忽略教育而遭受的损失。人们开始理解，开始在街头巷尾谈论此事。到了周年庆祝日这一天，在芳蒂大地的各个地区，奥曼欣[①]们敲响了号召人们给国民教育基金捐款的锣声。无论高低贵贱，所有的人都热情洋溢，所有的部落也都纷纷慷慨解囊，甚至连孩子们也在市场上的克鲁巴[②]里投入自己的三便士铜镍合金硬币。

夸曼克拉正是这群为教育问题热心游说的青年人中的一员。事实上，他比其他人都更加热心。他拥有卓越的智慧。凭借自身的努力和对知识的渴求，他接受了当时学校所能提供的最好的教育。他非凡的能力给人留下了深刻的印象。十九岁那年，他就被任命为一个全国性报刊的编辑，被民众视为未来的民族领导人之一。

国立大学一成立，夸曼克拉就放弃了他在报刊社的工作，加入了大学的教职工团队。他率先提出了避免国立大学沦为纯粹的国外大学模仿者的各种办学计划。从一开始，他就不断地向大学委员会提出：如果轻视自己的语言、风俗习惯和制度，那么没有一个民族能够避免消亡。基于这个原因，学生的服饰，无论男女，

---

① 奥曼欣（Omanhin）：芳蒂语，即政府元首或国王。

② 克鲁巴（Kruba）：芳蒂语，指芳蒂人用来装轻巧物品的一种容器，在文中指募集资金用的容器。

都应该适应社会的进步，实现民族化。人们也意识到了教学的绝大部分内容都必须用本民族的语言来教授。不久，为了促进学生快速健康地发展，在作者们和出版商们的许可下，若干权威的教材被译成了芳蒂语。

正如我们看到的那样，国立大学的办学计划包括培养一批高效的教师。国立大学隶属于伦敦大学，和日本、英国、德国、美国最好的教学机构都有合作关系，因此它的教师培训工作做得非常周详。任何年轻人，无论男女，只要取得教师培训证书，就肯定能在这个国家的任何地区获得一份高薪的工作。到达一个地区后，该教师需要做的就是把证书呈交给奥曼欣的教育部长。后者会马上把这新来的教师介绍到有需要的地区去。通常教育部会给新教师提供一处合适的校舍，校舍内已经配备所有必需的设备，但没有学生。教学委员会会告知新教师，校舍是空置还是充实，要取决于他自身的能力及他投入工作中的热情。此外，他的最高薪酬也将视他能取得的最大成就而定。一般来说，这些新教师往往是热爱教学的男士，吸引学生来充实学校也只不过是两三个月的事。

对知识的渴求迅速蔓延，男男女女都开始上各种夜校。在那里，他们很快学会了用自己的语言来阅读和书写。民众对知识的渴求如此强烈，以至于翻译成了国立大学的特色工作。因此，当我们认识夸曼克拉时，他已经在伦敦从事相关工作了。由于工作过度努力，他的身体已经虚弱不堪，医生建议他外出休养一段时间。利用这个机会，他游历了日本、德国和美国，学习了这些国家的办学方法。按照他自己的计划，他将在访问英国后结束休养。

此时，夸曼克拉的人生观已经大大拓展了，他开始在心里筹划完成自己人生作品的最佳途径。然而，他在思考这些问题的时候，不管我们理解与否，决定我们结局的上帝都将以夸曼克拉几乎无法预料的方式影响着他。他还在伦敦的时候，国立大学当局通过了一项决议，让他继续在伦敦待三年，以管理校方计划推出的一些本族语权威著作的出版发行事宜。夸曼克拉意识到这份工作对他将来的事业有极大帮助，就欣然接受了这个提议。就这样，一切成了定局。通过私人的途径，他进入剑桥大学，学了一年的法学，接着进入了内殿律师学院。当我们看到和怀特利一起走在托特纳姆法院路上的夸曼克拉时，他已经在伦敦安顿了下来，正极其认真地攻读着法律。

2

夸曼克拉出生、成长于遥远的非洲，在那里，他认识了一个女孩。无论她走到哪儿，她的朴素率真总能吸引人们的目光。她必定是受到了守护天使的庇护，因为如果说有人同时赢得了诸神和男人的宠爱，那这个人就非她莫属了。她每天都出现在纳纳穆[①]

① 纳纳穆（Nanamu）：芳蒂众神。

神殿。在听布道时她比任何人都要认真，而布道结束后，她总是会提出一些使老僧侣大伤脑筋的问题。她出身良好，已经完成了国立大学的一门学科，现在正初次游历欧洲，为自己的教育做最后的润色。

和怀特利分开后，夸曼克拉朝霍尔本走去。他漫无目的地走在牛津大街上，头脑中充满了各种各样的想法。他一直是个善于思考的人。今天早上和怀特利的交谈给他带来了一些全新的思路，现在他想不受干扰地继续思考这些新思路。他看着街上浩浩荡荡的男女老少擦肩而过，不禁对欧洲文明感到了一丝厌倦。他的心里充满了基督教哲学的教义及它的种种悖论。难道不是耶稣说的“凡劳苦担重担的人，可以到我这里来；我就使你们得安息”吗？那些宣称是他的追随者的人，为了名利不断相互践踏，那他有没有使这些追随者得到安息呢？再者，他把所有的追随者都称为兄弟，但难道不是他命令门徒们前去让可能成为他的万民兄弟的人皆成为他的门徒吗？女王神学院的学者怀特利说的“好奇怪的问题！我们的主是由一位埃塞俄比亚的妇女所生的？”又一次响在耳边。假如耶稣默默无闻，假如他的主教与高级教士们也和怀特利怀有一样的想法，他们还敢向埃塞俄比亚的异教徒们宣传他的信条吗？难道不是一直都存在悖论吗？说一套、做一套的宗教信仰还值得追随吗？在他的内心深处，他深深感谢诸神，因为按照基督教的套话，自己还只是个可怜的愚昧的异教徒。

按照夸曼克拉自己的想法，他现在绝不愿意有人来打扰，但不幸的是，还没走多远，他就看到一个皮肤黝黑的人朝他走来。此人在同伴中被称为“教授”，自称无事不知，实际上却是一无所知。他真名叫凯威·阿延苏，是一个已经在查令十字医学院学习了多年的学生。现在看来，对他来说，要一个医学文凭还是外科文凭的问题都是次要的。夸曼克拉想避开他，于是就走向了对面的人行道。“教授”却迅速穿过马路，亲热地拍着他的肩膀，粗声粗气地说：“嘿，老朋友！你好吗？已经很久没见到你了。像你这样冷落老朋友是什么意思呢?”

很显然，已经没办法摆脱“教授”了，夸曼克拉只得听天由命了。

“如果你想听真话，事实上，我刚才只想一个人走走。在你打断我的思绪之前，我很快乐。我喜欢在不被别人注视的情况下观察他人。”

“你的观察中是否包含了对一般人性的观察呢?”“教授”冷冷地问道。

“有啊，”夸曼克拉回答说，“对我来说，这是最有趣的研究。最好的剧场正是这些人行道，而演员就是这群走动的男男女女。研究这种伪装下的人性于我而言就是知识分子的兴趣之极致。尽管我很乐意下次和你聊聊，但很遗憾刚才你真的打扰了我。”

“你的病就是由同情心引起的简单的大脑痉挛。老兄，晚上和我一起去阿盖尔酒吧吧。我保证你在伦敦其他任何地方都不能那么好地观察人性。你可以在没人关注你的情况下观察他人。一旦你觉得不拘束了，你一定会停止观察人性的工作的。新来的服务生中有好几个尤物，是所有年轻男人都喜欢的类型。一定要和我一起去。”

“多谢你的盛情邀请，但今晚我恐怕不能和你一起去阿盖尔酒吧。我得和一位朋友一起坐夜班火车去剑桥。”

“好吧，那就和我去约克酒店吧。我也许能给你找点感兴趣的事。如果你乐意的话，可以请我吃一餐。听说你们大学的家伙们很乐意这样做。你们这些迟钝的伦敦同学根本不知道香槟晚餐之类的。”

“如果是那样的话，教授，我们不需要特地去约克酒店。我们只需到拐角处的斯莱特酒店，我可以保证你能吃上你从没吃过的美味的午餐。现在就走吧，可不许说‘不’字哦。”

没费多少劲，“教授”就同意了。不一会儿，他们就舒舒服服地坐在了街角一张菜色配备齐全的餐桌旁。吃完午餐后，“教授”对夸曼克拉说：“善有善报。我本想着给你一份惊喜，但俗话说，要是山不肯到穆罕默德这儿来，那么穆罕默德要到山那儿去了。[①]事实是，曼莎现在在伦敦，和她父亲一起住在约克酒店。”

① 出自《培根随笔·论勇》。

3

第二天，当夸曼克拉到约克酒店去问候他的朋友时，却很意外地得知大约一小时前，曼莎和她父亲已经搭上了开往哈里奇[①]的火车，开启他们的欧洲大陆之行了。女孩一直表示希望能看看欧洲的主要国家。她的父亲在德国南部有点小生意，她就拿着上大学前还有两周时间的借口哄着父亲带上了她。她对德国的环境非常满意，当她父亲要返回伦敦时，她不愿意和父亲一起回来。鉴于她对音乐已经表现出了强烈的喜好，父亲同意她在德国的学校待上一两年。

时光飞逝，这段时间夸曼克拉没有收到任何有关曼莎的消息。“教授”所能告诉他的也仅仅是曼莎的父亲已经返回非洲，而她则在欧洲大陆继续学业。

其间，夸曼克拉安安静静地在内殿律师学院学习。在这大都市的中心地区的短短三年对他来说是很重要的三年。他已经对法学产生了浓厚的兴趣。法学向他展开了人与人之间的公平公正的美好景象，而这深深地吸引了他。斯多葛哲学学派的著作对罗马法学家的影响就孕育了一部万国公法，这一结果给他展示了一条途径：地球上的民族，如果顺从神性，也许会给予更弱的民族公

①哈里奇（Harwich）：英国南部的一个重要商港。

平的赏罚。而且，法学给他提供了一个将他自己国家的制度、风俗习惯和其他国家的制度等进行比较的机会。这一机会也给他带来了无尽的乐趣。现在就是他为了自己的人生之战做好准备的时候。对他而言，学习不是为了通过考试而是为了获取信息。他自由自在地汲取着知识，他的灵魂得到了极大的满足。他情不自禁地认为自己身上负有一种天职，那就是为自己的民族服务。

夸曼克拉取得律师资格那天，他邀请朋友怀特利在伦敦待了一天。典礼之后，他们准备去秣市戏院观看赫伯特·比尔博姆·特里爵士主演的《哈姆雷特》。因为演出要到晚上八点半才开始，加上夜色很好，他们就从神殿出发走路去戏院。一路上，他们的话题自然而然地转到了莎士比亚的巨著上来了。

“夸曼克拉，你知道吗？我从未忘记我们三年前在托特纳姆法院路上的谈话，这三年来，我一直在进一步研究这个问题。我一直在比较和你们同属一个种族的埃及人所崇拜的奥西里斯神、阿卡得人的哲学体系、拜火教、佛教、儒教、希腊神话故事中的教义及斯多葛学派的思想。我研究得越深入，对基督徒们宣称唯有他们才拥有神权的做法就越感到困惑不解。我认为任何一个教派的教徒如果用‘异教徒’这个词来称其他人，那就太傲慢自大了。这就如同古希腊人把其他所有人称为野蛮人一样。举个例子来说，我们今晚将去看一位活跃在伊丽莎白女王统治时期的名叫威廉·莎士比亚的基督教绅士写的戏剧。如果今晚我站在秣市戏院的正厅后排发表一个公开声明，说‘莎士比亚是个绅士，但我怀疑他是否是一名基督教徒’，我敢说我一定会被轰下台，被嘘声赶出戏院。但是粗粗地阅读他的作品，你就会相信他的观点与基督教徒的观点相差甚远——如果他是根据自己的内心来描写的，他必定也的确如此。你想一想，哈姆雷特心里怀有强烈的复仇感，他杀死了那个本就会因身上的重重罪孽而死亡的邪恶国王。那一刻，他心里得到了极大的满足。这听起来就像是一名异教徒写的剧本。但即便如此，我也不敢在心里认为威廉·莎士比亚是异教徒。”

夸曼克拉开怀大笑起来。

“除非你读了杰文斯[①]的作品而毫无收获，否则你一定会认为这个论据是错的。但是我很赞同你的观点，即‘异教徒’是一个相对的术语。也许你们普通的英国人没有权力把一般的埃塞俄比亚人称为异教徒。我们的埃塞俄比亚是文明的摇篮。她尽管不像基督教文明那样可能永久地持续，但这并不会使她的文明逊色一些。拿我自己来举个例子，我对这种藐视自己不理解的事物的无知做法除了感到怜悯外，并无其他的想法。”

夸曼克拉突然停了下来，好奇地看了看他的朋友。过了一会儿，他又继续说：“你很清楚，我的朋友，我不是一名基督教徒。但如果不是基督教徒，我又是什么呢？也许，碍于情面，你不会

① 杰文斯（William Stanley Jevons，1835—1882）：英国著名的经济学家和逻辑学家，著有《政治经济学原理》《科学原理》《政治经济学理论》等。

说出你心里所想的。但请相信我，我不会因为被称为异教徒而感到羞愧。尽管我很尊重圣·保罗，但是我们信奉我们所知道的。事情的真相是，从基督教的伟大宗师们开始，你们这些基督教徒从未费心去理解除了你们自己之外的其他任何体系。”

“我们换个话题吧。夸曼克拉，你知道我已经取得了学位，马上就要接受圣职授任了，”怀特利说，“可是这几年来，我的理智和内心的信念一直这样致命地相互冲突，我的感知受到了严重的伤害。现在木已成舟，我已经没有退路了。我准备顺从主教的安排。我现在已经无法回头，因为我怕会伤了我母亲的心。”

“亲爱的朋友，我真为你感到难过，”夸曼克拉说，“也许这是因为你不是从局外人那样更为广阔的角度来看待这件事的。当然，我对过去的宗教也有所了解。我研究了我们东方的体系，并把它和你们西方人采用的体系进行了比较。我发现所有的体系中都贯穿了广泛的神性和人性。我想，你会理所当然地认为在你已知和未知的体系中，必有一些原因把人提升到了神的高度。这些体系的创始人，如斯多葛派哲学家爱比克泰德、古希腊哲学家克里安西斯，以及佛教的释迦牟尼，他们的理想就是自制及平等地与神交流。[①]我可以说他们这些人与基督之间有明显的差异。同样地，斯多葛派的作品与《圣约翰福音》之间也有差别。耶稣基督是活

① 此处可能存在原作者对佛教的误解，因为佛教是无神宗教，释迦牟尼否认神的存在。

生生的、会呼吸的人神一体，他把作为神之子的人类和神的父职联系在了一起。而释迦牟尼，举例来说，从未能真正地成为神之子，因而也就未能向世人揭示神与人之间的父子关系。他力图识透宇宙的秘密，却未能成功。至于你说的理性、信念及怀疑，好吧，如果你问我耶稣基督的出生是自然的还是超自然的，作为一个旁观者，我能说的就是我不知道。而且，无论是自然的还是超自然的都毫不重要。同样地，如果你问我耶稣的肉体是否真的能无视万有引力定律升到天堂，我也只能说我不知道，而且答案也不重要。但我的确知道一点，那就是，耶稣的生活、工作及他向世人解释上帝的方式会使他成为世人的兄弟、朋友、主人；通过他，上帝才成为世人的天父、万能的主、恩人和向导。这足以让一般人不敢妄言质疑高高在上的天堂，并且会使他们谦卑虔诚地朝那里前进。”

他们到达戏院时，演出刚刚开始。不一会儿，他们就沉浸在由比尔博姆·特里爵士出色表演的莎士比亚的戏剧中了。第三场中，波洛涅斯在教育儿子：“留心避免和人家争吵，可是万一争端已起，就应该让对方知道你不是可以轻侮的。”看到这里，夸曼克拉戳了戳他朋友的肋骨，低声地说：“这就是基督教徒的报复情绪。”

下一幕即将开始时，在怀特利的提示下，夸曼克拉注意到了一群深肤色的女孩和一个上了年纪的男人，那男人看起来是这些女孩的监护人。过了一会儿，几个年轻男子加入了她们。顺着怀特利所指的方向看过去后，夸曼克拉激动得几乎跳了起来。

“怎么了，夸曼克拉？这可不像向来冷静的你。”怀特利问。

“请原谅，但事实是，我必须马上给你引荐给我的朋友们。他们是我的朋友阿班一家，假如我没有弄错的话，角落里的那个年轻女孩就是曼莎小姐。快来！”他几乎是拖着怀特利走。

那老人一看到朝他们走来的这两个人，就马上笑逐颜开了。他为人善良，看到埃塞俄比亚的孩子们在异国他乡生活得很好，他很开心。关于夸曼克拉，老人听到的唯有赞誉，别无其他。看到夸曼克拉受到朋友们这么热情的欢迎，怀特利被深深地震撼了。当夸曼克拉向朋友们介绍他时，他都还没回过神来。

这期间，曼莎因为讨厌这么拥挤的人群，就留在了原地。因此，夸曼克拉给她取了点吃的东西后，就走过去和她聊了起来。

“所以你毫不犹豫地抛弃我们到欧洲大陆去了。你这样太坏了。希望现在你已经下定决心来好好补偿我们了。”

“是啊，我不喜欢那里的生活。不知怎的，那里的生活就是不适合我。而且，我在那里也没有朋友，所以那时当我父亲离开时，我觉得我也无法继续待在那里了。”

“从你离开这么长的时间来看，你肯定很适应斯图加特[1]市的生

① 斯图加特（Stuttart）：德国西南部城市。

活。你父亲刚才和我提了一点你在那里的生活，可我还是希望多听听你自己说的。”

“噢，那恐怕得下次了。看，马上要开幕了，阿班一家也走过来了。你知道，我们坐多佛的火车今天下午才到，在宾馆遇到了阿班他们。因为他们要来看《哈姆雷特》，我父亲觉得我们最好和他们一起来。”

“对了，你这么说，我想起来了。上次我运气不好，你去欧洲大陆那天，我迟了半个小时，到你住的宾馆后，发现鸟儿已经飞走了。”

曼莎似乎有点困惑不解，正在这时，开幕了。

后面部分的演出对夸曼克拉而言，几乎已经没有吸引力了。剧终时，特里先生在一阵阵的欢呼声中一次又一次地走上舞台接受观众热烈的掌声。无论是在他之前还是在他之后都很少有艺术家能受到观众如此热烈的欢迎。可即便如此，夸曼克拉也一点不觉得遗憾。

当夸曼克拉和怀特利向曼莎父女告别时，老先生说：“在我离开去非洲之前，记得给我打电话。”

在回内殿律师学院的路上，夸曼克拉和怀特利几乎没说什么话。怀特利知道朋友心里在想什么，所以对他的沉默也表示理解。睡前分别时，怀特利说：“夸曼克拉，谢谢你陪我度过了这么愉快、这么有文化氛围的一晚。你的朋友们，天哪！都是非洲的光荣。这都让我想要对狭隘和偏见进行宣战了。”

“太感谢了。我很开心你这么欣赏我的朋友们。希望经过这么一天的奔波后你会睡个好觉。”说着，夸曼克拉把朋友送进了房间。

4

随后的几周，曼莎和夸曼克拉见了很多次面。从一开始，二人就意气相投。自然而然地，他们就开始了愉快的交往。他们好像已经相互了解了一辈子，今后生活在一起也似乎是水到渠成了。

一天，他们俩喝着下午茶时，曼莎从写字台上拿出了一封信，漫不经心地打开后说："上次你过来这里时，我忘了告诉你，我找到了一份工作，做我们自己国内大学低年级的年级主任。我相信你也会为我高兴的，我已经准备接受这份工作，我父亲也同意了。”

“你怎么可以这么想呢?” 夸曼克拉几乎愤怒地吼了出来。

他的态度转变如此突然，曼莎也无法保持镇静了。

“我做错了什么让你这样严厉地对待我?”她坚决但又开玩笑地问。

“如果我刚才表现得过于激动的话，请原谅我，曼莎。只是我想，好吧，我在想也许你可以不回国，留在这儿教我吧。”

“别傻了！我怎么可能教像你这么大、这么魁梧的学生呢?”曼莎说，“而且，你又如此聪明。显然，你是在嘲笑我。”

“相信我，我亲爱的孩子，”他的声音略微有点儿颤抖，“我这一生从来没有像现在这样真诚过。”

曼莎看上去有点困惑不解。犹豫了一会儿后，她说：“你一面叫我‘孩子’，但你又要让我相信我可以教你。你就不能严肃点吗？”

“是，我现在非常严肃。‘小孩子要牵引他们。’”他引用了一句《圣经》上的话，然后接着说，“我希望，你的任务就是教我学会承担责任，一旦我发现自己的责任所在，你就会帮助我去履行这个责任。”

“可是我怎么能知道你的责任是什么？谁能比你更清楚你自己的责任呢？而且，如果你需要引导，我们列祖的神也会教你去履行自己的责任。夸曼克拉，难道你不知道吗？”

“是的，我知道。但我的确同样知道，神惯于使用人类这个工具来接近人类。无限在有限中得以表现，理想在实际中得以实现。我经常想，那只将引领我走过错综复杂的人生之路的孩子的手，就是这一只我现在温柔地握住的手。”

她恍然大悟，想把手抽回来，可犹豫了一下后，还是任凭他继续握着她的手。

“这么说，你愿意当我的老师了？”夸曼克拉半是劝说，半是得意扬扬。

“是的。”她只是简单地说，“所以我希望我们民族的众神会帮助我。”

日子一天天过去，两人对彼此的理解也更深了，而相互理解正是所有幸福婚姻的基础。时不时地，他会向她说起自己的未来，这时，他总会笑着对她说他没有任何前途。因为除了一个清晰的头脑和一颗愿意去努力的心外，他几乎没有其他可以继承的东西。但他希望凭着这清晰的头脑和愿意去努力工作的心，他们俩能一起开拓以后的人生之路。他说这些话时，曼莎总是很温柔地回答说她希望自己有一笔能让事情变得更简单的财富，但既然现在她没有这样一笔财富，她愿意把她仅次于这样一笔财富的东西给他，那就是她这颗忠诚的心。当然，夸曼克拉总会温和地责备她，说她这颗忠诚的心就是世上最好的东西了。

渐渐地，曼莎把十岁那年认识他之后发生的事都告诉他了。

“你知道吗？”一天，她和他说，“我经常祈求纳纳穆神允许我出去看看外面的世界。看起来诸神听到了我的祈求，因为不久之后，我父亲就有了等我考上我们那儿的大学后就带我去欧洲游玩的念头。我们到了这里后，发现这里的生活对我来说显得很虚假。也许，我不应该用虚假这个词，但不管如何，我觉得我在这里并不能过得如鱼得水。机缘巧合，我到了德国。那儿的一切和这里截然不同。在那里，在巴伐利亚黑森林，我与自然有了亲密的接触。鸟儿的鸣啭、小羊的叫声、田野的香气，所有的一切看上去都那么自然。我就对自己说：这才是我应该待的地方，在这里也许我的个性会得到更好的发展。后来的事你也知道了。现在，你说说看，你对我这个祈求的结果有什么看法?”

夸曼克拉没有回答，只是爱抚着把她拉得离自己更近了。

夏去秋来，在菊花和浓郁的木犀草盛开之际，夸曼克拉准备返回非洲执业。在返回非洲前，这对恋人确定了婚期。婚礼办得极其简单，没有伴娘伴郎，他们只邀请了最亲近的朋友。婚礼当天，曼莎穿着她自己设计的非洲服饰，出现在了教堂。新娘的装扮简单大方。当朋友问她为何要这样装扮时，她回答说因为她知道这会让她丈夫很开心，而且，这最符合她自己关于合适的理念。引用诗人丁尼生的话，那就是:“这样，他们就结婚了。”

在他亲爱的妻子的鼓励下，夸曼克拉不久就认真地承担起了生活的责任。或许是因为他们的诚实、艰苦的努力，再加上他们的天分，或许是因为众神的庇护，或许是两者兼有，成功之神从一开始就向他们露出微笑。慢慢地，他们的成就越来越大。当他们的儿子能摇摇摆摆地从这个房间走到另外一个房间，嘴里含含糊糊地喊着“爸爸，妈妈”的时候，他们已经有了一个温馨的小家。他们的小家内充满了各色的花、阳光、爱，以及神的恩福。可惜好景不长，他们这样相互关爱的幸福生活只持续了五年，非常短暂的五年。不久，乌云就笼罩了他们家。夸曼克拉破碎的心和含泪的眼睛里再也看不到一丝希望了。因为在他们的第二个孩子——一个漂亮的女婴——出生时，曼莎，这个可怜的妻子和母亲，为这个孩子付出了自己的生命。而这个女婴，似乎是不堪忍受自己给这个曾经明亮的家庭带来了黑暗，不久也追随母亲而去。这无疑是雪上加霜，让本就悲伤的家庭更加悲伤了。曾经温馨的家现在只剩下一对孤独的父子和他们对已经逝去的母女俩的哀思了。每当三岁的儿子问起“妈妈去哪了”或者“妹妹去哪了”的时候，夸曼克拉就会回答他说“妈妈去见上帝了”或者“妹妹去见上帝了”。说这话的时候，他都会把脸转向一边，以免年幼的儿子看穿自己的悲痛。

“爸爸，当我在天堂时，我就不能到您这儿了，但我可以去妈妈那里。我现在就和妈妈一起在天堂。”

“但是，为什么您不能来到我这儿呢？”她吞吞吐吐地问。

“看，爸爸，我已经把别针穿过去了！”她得意扬扬地举起了一个火柴盒。然后，和其他孩子一样，她又有了个想法：“我在天堂是个大女孩了。”

“对，亲爱的，你是大女孩了。”他弯下腰，温柔地亲了亲她。

* * * * * * * * * * *

在那鸟儿最早鸣啭、春天初芽最早吐露之处，

在那仲夏之夜微风叹息、黯淡的星星深情俯视哭泣之处，

躺着我们的坟墓。

一小块土地，

这就是我们所有的土地。

没有十字架，也没有树，

没有任何标记之物，

只有一个小土堆。

但就在那儿，

躺着我的至爱。

我的爱人手持百合，

静候着我。

当我来时，

她将欣然前来迎接，并会对我说：

“亲爱的，这是送你的百合，欢迎你回家。”

但是，亲爱的主啊，我因为迟迟不能回家已经非常痛苦了。

告诉我，神圣的主啊，我还得等很久吗？

我必须得快点了，否则她会认为我迟到了。

/ 第四章

爱与死亡

1

在一个神秘的世界中，这个刚出生的婴儿睁开了眼睛，她的小脸上充满了一知半解的疑惑。有一个人似乎懂得她那疑惑的表情。此人就是这个孩子的父亲。

她是应祈祷而来的，是回应凡人向神做的持久、真诚、纯真的祈祷而来的。对于凡人这样的祈祷，诸神总是乐意回应。这个新生儿的父亲不是不相信上帝，他只是确信在天堂的等级制度中也有秩序和规则。正如聪明人控制低级的智能让他们按照他的意愿来做事一样，万物之父（你可以叫他尼亚克罗庞、宙斯、朗、朱庇特，或者你喜欢的任何名字），掌控着其他领域和这个世界上各个机构的权力。

在过去的整整二十个月内，他一直诚挚地祈祷着爱神来看望孤单的自己。这孩子正是回应这个祈祷而来的。但他同时也祈求了光芒，因为从纳纳穆——他们部落的神和先知们——的教导中他获知了爱神与光明之神一起居住在最高的天堂。

2

对于看到这一场景的人来说，死亡的概念非常熟悉。在他们的民族中，黎明时分，人们在市场上走过时会相互问好说“阿吉唔”。“阿吉唔”是和朋友打招呼的时候用的，意思是说“你还活着”。如果一个人永久地睡着了，他们就说他去了纳纳穆-克罗姆[①]那里了。如果他在世时是个好人，他的朋友们就会给他祭酒，请求他在他们生活的日常事务中给予保护和引导。

他曾经是个父亲。在那处处充满爱的家里有一个幸福的妻子，而他则是那位幸福的丈夫。但是死神先是带走了他的爱妻，接着又带走了新生的婴儿，使这原本充满了光明的家庭只留下了黑暗。这个家看起来就显得非常陌生了。沉浸在悲痛中的他一开始并没有完全意识到这一点。但是随着时间的流逝，而壁炉旁那把熟悉的椅子却一直空着，他心中的黑暗似乎越来越深了。

渐渐地，他的灵魂开始清醒过来。他开始理解爱的精神层面

① 纳纳穆-克罗姆（Nannamu-krome）：芳蒂语，指众神居住之地。

比其他所有的一切都更有价值，所以他对爱的精神内涵进行了诠释。悲伤使他走进了内心最深处的圣地，在那里他遇到了神——他们民族的尼亚克罗庞神。然后，他就明白了。他可以站在爱人敞开着的坟墓旁——坟墓之所以敞开，是因为精神共鸣，他可以看到以前的她了。他说："在我把这些花放在你的怀里之前，我亲吻了它们。我说的'我'，并不是指我这个虚弱的肉体，这个肉体只是个匣子而已。听我说，亲爱的！'我'指的是我的灵魂，一个可以与你交流而且一直在与你进行交流的灵魂。我们的灵魂与灵魂、精神与精神交流着，它们具体怎么交流并不重要。看，我向你抛了一个精神上的飞吻，我知道你也会同往昔一样以吻还吻。"是的，他已经触及人类的幸福和痛苦的最深处了，他也开始懂得在幸福和痛苦之间有一条通往神的处所的大道。

3

夸曼克拉身体上的劳损实在太严重了。他那原先潜伏的疾病已经开始显现出一些危险的症状。匆忙的会诊之后，医生们决定给他动手术。他异常平静地接受了这个消息。内心深处，他反而因为自己的感官可能会处于无知觉的状态而暗自窃喜。他仍抱着一丝希望，希望通过这种无知觉的状态，自己本性的智慧在挣开世俗的种种束缚后，也许会自由地集中到某种精神的东西上。这样他就可以看一眼自己民族的故人们所在的城市，他相信自己心爱的人现在也必定住在那里。他的这个源于真诚期待的愿望借着祷告的翅膀飞到了万灵之父那里。在他知觉消失之际，有人听到他轻声低语着爱妻的名字，但是没有人知道，他和希伯来人的雅各一样，在与神的摔跤中获胜了。

在另一个世界中，夸曼克拉醒了过来，他似乎做了一个梦。尽管现在没有肉体，但是他清楚地知道自己曾有的身份。他充分聚集了自己的智慧。周围的场景，虽然怪异，倒也不陌生。他就如同一个从遥远的国度旅行归来的人，虽然暂时忘却了故土的物质层面，可一旦回归，就马上回忆起自己的旧居。即便如此，当慢慢地看清周围的场景后，他也开始有所畏惧。他发现自己正处在一个明显不是由人类建造的城市的郊外。城墙的四周是一个巨大的湖泊，湖水清澈见底。在没有任何帮助的情况下，要跨过这个湖进入城内，对凡人来说几乎是天方夜谭。

夸曼克拉站在那里，一边思考着该怎么做，一边责怪自己不该冒昧奢求本就注定不是给人类的知识。突然，在他面前出现了一个生物。它外表极其异常，如果夸曼克拉知道如何飞，这生物一出现，他就会诧异地飞走，好远远地离开它。这个生物有着人类的外形，但容貌异常扭曲，表情也极度哀愁，从外表来看，它是半人半兽。发现自己无路可逃后，夸曼克拉鼓起勇气对怪物说："先生，我是一个凡人，来自下方被人类称为地球的天体。虽然没有得到任何邀请，我还是想来看一眼这个荣耀的城市。我现在发现，如果没有任何援助，凡人想要进入这个城市，无疑是死路一条。请原谅我的冒昧，但是请您告诉我怎样才能进入那边的城市，因为在那里，我也许能找到我的灵魂深爱着的她。”

“你说得很好，因为你提到了‘爱’这个词。如果你真的是因爱而感动，那离你希望的就不远了。既然你已经说出了口令，我就给你指一下路。这条路就在简简单单的信任中。你仔细听我说，我曾经也和你一样是个凡人。那时的我雄心勃勃、狂傲不羁，以为自己凭着知识和人类的想象力就能攀升到高高在上的天堂。我尝试了，却失败了，结果就变成了现在这副模样。众神一怒之下就命令我待在这里，给凡人指引通往那边那个城市的路。而我在自己的罪孽得到赦免前——按你们的时间计算，需要整整一千年——我都不可以进入那个城市。”

“我听不懂您在说什么，”夸曼克拉说，“如果您真愿意帮助我，您就简单地告诉我怎样才能跨过这个湖，走上那条光荣的道路。”

“我刚才没告诉你路就在单纯的信任中吗？我没有什么要说的了。问问你自己的心，如果你有一点点不真诚或者不真实的想法，你就没法进去。”

突然，夸曼克拉想起了在故乡的寺庙内自己是如何膜拜爱神的。因此，他摒弃一切杂念，把注意力全部集中在当下的任务上。在这不可逾越的湖边，他跪了下来，真诚地祈祷自己能够有勇气穿过湖面。他祈祷的时候，仿佛陷入了昏睡状态，慢慢地，他对周围的环境失去了知觉。当他再次醒来时，发现自己面前站着一位英俊的年轻人，那人优雅地披着精美的薄纱，脚上穿着水晶般透明的凉鞋，头上戴着铃兰花环。

夸曼克拉刚想开口，这幻影却竖起食指，放到嘴边，让他安静，然后用充满怜悯和同情的声音说："凡人！爱神和光神听到了你的祈祷。你对爱和信任的敬意得到了神的赞许。他们吩咐我来领你跨过这个湖进入那个美丽的城市。但是，要记住：只有借助勇气，你才能安全地走过湖面，那就是供凡人走的桥。别害怕，你的爱已经打碎了死亡之门，现在，没有人可以阻挡你前进了。"

听着这些话，夸曼克拉不知不觉地就和年轻人一起走上了水晶般的湖面。当他即将失去勇气的时候，他想起了自己心爱的人，马上就又恢复了勇气。他似乎不时地下沉，但是凭着重新获得的信任的翅膀，他又再次浮起，不久他们就走过了这个水晶湖。幻影告诉他自己的使命已经完成后就离开了，独留下不知所措的夸曼克拉。

4

正当夸曼克拉无所适从的时候，他听到从远处传来了孩子们的声音。那声音和谐悦耳，远远胜过他以前所听到过的任何声音。他竖起耳朵想听得更清楚。随着孩子们的声音越来越近，他心里突然涌出一个愿望，那就是，看一看发出这些可爱而又抑扬顿挫的声音的孩子。为了不被人察觉地观看这些孩子，他躲到了城墙外盛开的花丛中。

他刚一躲好，瞧！那里就列队走过来了一群孩子。他们一边唱着歌，一边高高地挥舞着手上拿的棕榈。歌曲的低声合音部分是这样的："来吧，让我们一起去天父的家里吧。今天他会给他的孩子们带来喜悦。救世的太阳正在快速下落。"孩子们单纯可爱，给人印象最深的是他们纯净的面容和高雅的举止。当天使般的孩子们经过他身边时，夸曼克拉惊诧不已。孩子们在靠近城市的时候，似乎分成了几个小组，朝各个方向分散开了。他们嬉戏、蹦跳着，相互开着玩笑。总之，天上的这些孩子非常有人性，他们身上并没有什么稀奇古怪的地方。

就在这时，守门人催促他快点走进城内。进入城门后，他们到了一个门口朝着旭日的地方。守门人进去对住在这里的女神深深地鞠了个躬，说："尊敬的女神，诸神之父尼亚克罗庞神让我给您传个信：一个凡人刚刚进入我们神圣的纳纳穆城。您是女神，您必定知道自从您离开下面的地球并荣升为女神后，在您心中比荣誉和赞美都更珍贵的他一直在净化自己的心灵和作风，希望借此能侥幸找到您这儿。由于他的忠诚，他虔诚的祈祷中始终如一的愿望已经穿透了天堂的大门，传到了尼亚克罗庞神的耳内。因此，天父就决定让您，尊敬的女神，成为纳纳穆-克罗姆第一位接待这位获准通过圣门的凡人的女神。起来吧，抛掉您的悲痛，准备接待您的灵魂深爱着的他吧。”

曼莎女神感激地站了起来，为了不让她刚刚到达的爱人在这个神的城市中感到局促不安，她让侍女们准备好了一切。在音乐声中，她的小女儿卡齐娜欢快地督促着一切。曼莎自己则走向了赞美之室。出于对尼亚克罗庞神的由衷的感激，她在神圣的祭坛前跪了下来。在感恩中她的心慢慢地感动起来，她自己也不知道该如何开始或者说如何结束她的感恩礼。

女神为什么会如此感动？她的情绪又从何而来？记忆深处临别时刻那无与伦比的悲怆和庄严的尘世场景朝她扑面而来。高烧毁了她的尘世生活。在尘世的最后一天，就在那里，在拥有爱和光及她在天堂和尘世都最珍爱的家里，在那间熟悉的房间内，站着她的丈夫和孩子——与他们血脉相连的第一个孩子，一个大有希望的孩子。她知道自己生命的最后时刻到了，她要死了。可在她这个小女人的心里，却反抗着神的旨意。在那个关键时刻，她内心似乎在进行着一场战争。最后，突然听到她说：“神啊！看看我的丈夫和孩子站的地方吧！我不忍看到他们悲恸欲绝的脸。如果这是你的旨意，就请你把我留给他们吧！但是如果不能，非要我离开，那就不要照我的意思，只要照你的意思。[①]”这是一场关

① 出自《马太福音》，是主耶稣顺服天父救赎的旨意时做的祷告。

于是否能在违背神的旨意的情况下确保最美好的愿望的战争，是一场痛苦的心灵之战。在尼亚克罗庞神面前做出选择的时候，她是真诚的。她抗争了，也赢了，尼亚克罗庞神，这位最高的神为她锁定了胜局[①]。就这样，曼莎香消玉殒了。至于夸曼克拉，他心中的希望越来越殷切。他一遍遍情不自禁地想，到底他心爱的妻子是真的已经死亡了，还是只是他的身体觉得她死了而已。重拾信心之后，他凭着始终坚定不移的信心，立志要找到通往她的路的誓言飘向了天堂。

5

“卡齐娜，我的孩子，”曼莎女神说，“我希望你认真地听我接下来说的话。自从你应我温柔的呼唤而来到我身边后，我就已经告诉过你，把纳纳穆-克罗姆与下面你父亲和哥哥居住的世界隔离开来的，只是一层薄薄的纱巾。无论什么时候，只要神高兴，纱巾就会被揭起，以方便诸神与凡人交流。今天你将看到你的父亲。现在，他已经在正门口了。因为我现在还不能去见他，所以你去，告诉他欢迎来到纳纳穆-克罗姆。”女孩欢天喜地地按照母亲的意思跑了出去。正如她母亲事先所说的那样，她在正门口看到了父亲：“爸爸，欢迎欢迎！妈妈让我来迎接您回家。”听到这话，夸

① 此处，“锁定了胜局”指尼亚克罗庞神允许成为神的曼莎仍可以和自己的家人相聚。

曼克拉万分惊讶，但他又不想表现出自己的困惑，就问：“小姑娘，我不是很明白。你的母亲是谁？她又怎么知道我在这里？”

“父亲，您不认识我了吗？”少女略带责怪地说，“妈妈告诉我您要来，所以我就跑来接您了，但她没有告诉我她是怎么知道您来的。但是，您知道，妈妈是神，她知道很多事。”夸曼克拉非常惊讶，他在心里思量着女孩的话。有没有可能他那年轻的妻子因为忠诚、信任和爱在天上已经成了一个半神半人？女儿的情况对他来说非常容易理解，因为他曾读到过诗人沃尔特·萨维奇·兰多的诗句：

日复一日，我们想象着她在明亮的天堂做些什么；
年复一年，她温柔的脚步继续着。
看吧！她长得更漂亮了。

是的，在这个光的国度里，他曾经祈求神归还的女儿小卡齐娜已经长得比百合更漂亮，比阳光更明亮，比雪花更纯洁。有那么一会儿，他陷入了沉思，然后突然转向女孩，用一个父亲内心的全部炽热来拥抱她。他也迫切渴望了解妻子的现状：“亲爱的，快告诉我，神长得怎样？”

“真有趣，父亲！我是怎样的？难道我没有手，没有脚，没有嘴唇来以吻还吻吗？”配合着所说的话，她亲了一下夸曼克拉凑近的脸。正如思乡的旅客一回到故土就突然回想起往事一样，夸曼克拉一看到纳纳穆-克罗姆就回想起他对这个神圣居住地的印象。印象中，似乎是过去的某个时候，正是从这个古亡灵的居所，众神把他派到人间办事的。他这么想的时候，脑海中的印象就更加清晰了。他想起了那一天众神对他说："夸曼克拉，今天我们把你送往下方的世界是为了让你替我们做一个真理的证人。凡人总是习惯于远离真理，因此我们诸神准备去改变这点。去吧，去那些没有思想的人中当一个思想家吧！你要设法让他们看清自己的错误，同时也要向他们宣布真理至高无上的权威，以及真理之神尼亚克罗庞永恒的威严。"他似乎正是遵从众神的这一要求而到凡间，鼓足干劲、勇往直前地去执行诸神的命令的。天哪！在完成使命之前，他回来了，如同做梦一般，他回到了纳纳穆-克罗姆！一想到这儿，他开始惶恐不安，生怕自己因为没有履行完职责就离开地球而激怒众神。在这样的情况下，他该和妻子说什么呢？

与此同时，他充满孩子气的小女儿不停地跟他说着发生在这些古亡灵居住地的事。尽管女孩非常孩子气，她表达的方式倒也给夸曼克拉留下了深刻的印象。转了一两个弯后，他们就到了这座城市的主道上。他面前突然出现了令他畏惧而又好奇的场景，简单但又庄严，空灵但又俗世，而他最强烈的感觉就是他曾经在某个被遗忘的时间里看到过类似的场景。在一条熙熙攘攘的大道上，许多人匆匆忙忙地走向各方。在漂亮的绿荫下似乎有很多宁静的小路隐入苔藓中，这些小路在宽阔的马路上汇合在了一起。每条小路旁都生长着茂密的灌木和其他植物，它们的叶子连在一起，汇聚成了最美丽的彩虹的色彩。林中的巨树像黎巴嫩的香柏树一样向四处伸出它们健壮的手臂。这些不同的小路似乎就是为了让人安静地沉思而设计的。这些小路会突然消失在某个设计巧妙的花园内，花园中又有新的小路继续通向那条宽阔的马路。路上到处能看到宏伟的寺庙。卡齐娜尽责地给父亲介绍：这些寺庙都是由众神建立起来的，但不是为了祈祷，而是为了颂赞。父女俩走到一个漂亮的寺庙的门口时，这里刚结束了一场颂赞的礼拜仪式。不一会儿，这些小路上就出现了一大群人，虽然人数众多，但既没有发生混乱也没有喧哗。这些人穿着宽松的衣服，左肩雅致的褶皱中点缀着用最软材质做成的绯红色衣饰。他们脚穿凉鞋，头上戴着红玫瑰和百合交织而成的花环。衣服上的绯红色表明他们已经通过了狭窄的自我牺牲之门；花环上的玫瑰则说明他们已经走过忧伤之桥，跨进欢乐的纳纳穆-克罗姆；而百合仅仅是为了指出他们的谦卑已经变成了自豪。他们穿着凉鞋，是因为凉鞋减轻了一天中的热度和负荷。在撒哈拉的生活中，他们经常有机会祈求：

尼亚克罗庞神，路途遥远，

看！这又破又乱的衣服，

这流血的双脚已经几乎不能继续前行了！
现在我唯一指望着你，
哦！尼亚克罗庞神，引领我吧！[①]

夸曼克拉突然意识到这群聚集在一起的人代表了天下的每一个族群、民族、种族和国家。这是一群精选的灵魂的集合，这些灵魂在另一种生活中都是谦逊且很好地履行了自己职责的男男女女，仅此而已。

6

曼莎女神居住的府邸就在眼前了。夸曼克拉已经可以依稀辨认出门口的那几行字了。这些字符像在火中闪闪发光一样。但是，走得更近后，他就发现这种效果是由一个月亮般的球体发出的银色光束造成的。这个球体日日夜夜给众神的住处带来生命和光。夸曼克拉开始阅读门口的大字：

你引导我前行，尼亚米，

① 原文为：Ekwan yi owari, Nyiakrapon,
Whe bra ma ahedzi yina atsitsiwu,
Na minan aprepra, mutu ontu!
Naasu wuada na mayi da wayim,
Ga’m Kwan, Nyiakrapon!

你，命运之神，
无论你命令我到何处，
我都会坚定地遵从；
但如果是说心之所愿，
我不情愿，
但我仍必须遵从！

他边读边琢磨这些字的意思。他考虑得越多，就越想知道为什么这些字会写在曼莎府邸的大门上。卡齐娜则时不时地向父亲指着某个地点，让她父亲注意这个或那个特殊的寺庙。当他们到达曼莎府邸的外院时，她给父亲描述其他庙宇的热情依然不减。“看，妈妈来接我们了。”她欢叫着跑到母亲的怀中。

“我的卡齐娜，快跑到内院去，为你的父亲准备好水果和美酒。走了这么长的路后，他一定累坏了。”她一边说着，一边很快地走过孩子身边。转眼间，这对夫妻已经紧紧拥抱在一起了。如同一个人经过漫长的等待后终于得到了自己一直渴求的东西似的放声大哭起来，这二人在彼此的颈间抽泣了起来。

“别哭了，众神一直对我们这么好，我们这样失去自制好像不太好。而且，神也不能在过多的眼泪中暴露出弱点。”

“我忘了，卡齐娜刚才告诉过我的。”夸曼克拉吓得后退了几步。

“别傻了，”曼莎说，“看看，现在的我和以前的我有什么不同吗？我这个不顾众神的意愿和你结合的少女，对你而言，难道已经变得不怎么迷人了吗？”

“这话说得好。既然你问起来了，我必须承认在你身上我看到了凡人无法拥有的庄严的灵魂和深厚的情感。但是，我还是能从成千的女人中认出你来。告诉我，你是不是真的成为女神了？”

“是的，我现在是一名女神了。因为爱就是神，神就是爱。你也是神，只是你的战争还没结束而已。出于这个原因，众神听到了你的祈祷，允许你来到这个神圣的住处。在这儿，你也许可以学会在今后的工作中能用到的某种知识。”

“你是女神，这一点我可以理解，但你说我也是神，那你必定是在笑话我了。你可以叫我思想家、老师，或是地球上的任何一种称呼，但我不认为我是一个神，而且我永远也成不了神。”

曼莎的脸上露出了痛苦的表情。她低声地说：“你这反应就和当初我被告知自己是女神时的情况完全一样。但是在你明白自己是神之前，在我可以给你的住处最后加一点点缀前，你必须再等待很长一段时间。作为你的守护天使，这些年来，我一直在期待着我给你的种种启示所产生的成果。虽然你已经学会了很多，但是你还有更多要学的东西，包括单纯的信任这一课。如果你今天对自己的角色多一点点的怀疑，你也许就会失去见到我的机会。你知道我这颗女人的心有多么渴望你，渴望着我们有一个完整、永久的重聚吗?”

“对不起，亲爱的。你说到信任，说到你因为我缺乏信任而悲伤。相信我，我一定会学会更多的信任。但是你说的我在这个城市的住处，这我理解不了。请原谅我的无知吧，因为我只是个凡人而已。”

“我亲爱的丈夫，我说的也许是凡人无法理解的虚无的东西。自从我的灵魂升天后，我就一直像母鸡护雏般守护着你。你常常会有所动摇，如果不是因为我为你祈祷——神也听到了我的祈祷——你几乎不会有现在这样的机会。尽管你是个凡人，你也是个思想家——在这点上，即使是众神也无法比得上你。主神运筹帷幄，管理着众神，在尘世中给他们奠定了坚实的基础。只有你常常用冰冷的理性来取代单纯的信任。就这点而言，你比一个孩子还难学会信任。现在，听我说，除非你变得单纯和能信任人，否则，等到我们最终团聚必定是万年又万年之后了。”

“亲爱的，想到团聚的时间取决于我，而我却不能让这一时刻早日到来，我就很伤心。现在，告诉我，你是说既要信任小事也要信任大事，既要信任现世也要信任后世吗?”

“对的，亲爱的，你的灵魂已经开始领悟了。记住，单纯的信任就是向尼亚克罗庞神表示敬意。听着，当你回到尘世，神已经给你准备好了机会，希望你会好好学习，因为我们的本体必须得圆满结束。在灵魂升天前，我们必须完成进化的每一步。出于这个原因，主神给了我们一次又一次的机会，直到我们完成修炼。这就是你在这儿的住处所需的最后一点点缀。每个凡人都会在这个神圣之地建立起他自己的住处。有些用石头建造，有些用麦茬建造，而那些把希望建立在流沙上的人必定不幸福。”

“可是你说你会给我的住处做最后的点缀，我的守护天使，给我解释一下这是怎么一回事吧。”

“没错，这是你自己的住处，没有人可以为他人造房子。即使是爱，譬如我对你的爱，在这件事上也是无能为力的。跟我走吧，我给你看看你正在为自己建造的房子的结构。”

夸曼克拉跟在曼莎身后，心里琢磨着她刚才说这些话的意思。紧挨着曼莎女神的府邸的地面正升起一幢异常漂亮又牢固的房子。曼莎在这房子前久久地停着。

“看看这房子的完整性！”她说，“房子现在建成这样，众神很高兴。但是，如果你能清楚地感知的话，你就会发现这边有个裂缝，那边有个裂缝，在本应该高低一致的地方出现了一点不平整。亲爱的，尽管我很爱你，我也不能不理会你的不完美。只有当你把最高点放到你的品性中，你的房子才适合神居住，我们才会团聚。”

“我又听不懂了。我的品性怎么可能成为神的居住地呢?”

“‘你们便如神能知道善恶。’”曼莎温柔地引述《圣经》，与其说是说给她丈夫听，倒不如说是说给她自己听。然后，她用最温柔的眼光同情地看着丈夫："在善恶开始之时，神就告诫人类必须阻止和压制邪恶，要培养善行并使它得以盛行。这就是神在人世间经历种种苦难的最终目的。当人赢得胜利的时候，他就变成了神。这就在于品性的培养。一颗星的荣光会有别于其他的星星。当人类肉体死亡后，他不朽的灵魂就获胜了，就会找到他们在这儿的家。在天界，伟大的灵魂就变成了一个在神殿中由美好的品性造成的供神居住的地方。神殿以真理为地基，爱为上层结构，孩子般的信任为最高点。亲爱的，现在你理解了吗?"

"是的，我懂了，我的守护天使。"

"作为鼓励，"她继续说，"看看你为自己建造的房子上升起来的那座塔！那小塔尖不是在天空的光下闪闪发光吗?" 夸曼克拉赞成地点了点头。"那就是勇气，"女神说，"就像你能看到的那样，它在整个建筑中最为显眼。"

"但你让我糊涂了，"夸曼克拉说，"我几乎没有什么勇气。我没有像其他人那样经常想到和宣传勇气，我不爱凡人们的战争，我也不擅长我所理解的神所喜欢的英勇事迹或好事。在我所记得的时间里，我没有任何英雄事迹，没有赢过战争，也没有成功地带领过装甲军队对抗成群的人。"

"够了，"女神有点不耐烦地打断了他，"我知道你没做过那些事。可是，你应该知道我说的不是俗世的事。因此，拿俗世的事来比较毫无意义。喜欢战争、擅长需要胆量的事、做屠杀战役的领袖，所有的种种都不会被诸神之父看成是伟大或有勇气的表现。喜爱真理，无论发生什么，都会在真理的旗帜下为它尽力，这才是真正的勇气。只有这种勇气才能持久，才能经受住无穷的时代的考验。”接着，带着深刻的洞察力和深深的同情，她看了一眼夸曼克拉后，继续说：“看吧！你将站在地球上众多国王、王侯和其他有势力之人面前，以真理的名义，来对上层人士中的堕落和不义行为说出对他们不利的证词。你有勇气，命运之神也将帮助你。现在把这一神启带给人类的子孙吧。我让你当诸神的特使。回去和权势说：埃塞俄比亚子孙中那些深受折磨的苦难人的哀求已经传到了我们诸神这里，我们诸神将会到地球视察。压迫者们会发现他们的黄金将会变成金箔，珍贵的宝石将会变成岩石，这些岩石将会掉落在金箔上，把它碾成粉尘。风会把这些粉尘吹散到地球的各个角落，这样更多的凡人就会看到，就会对神的杰作感到惊奇。瞧！尼亚克罗庞神将在埃塞俄比亚建立起不同于其他任何国家的王国。在那里，贪欲之神将无处生存，而手握一把双刃剑的光明天使将会守护这个王国的各个入口。”

“为了防止你在回去的路上动摇，在回到地球前，你到这个美丽的城市——世界之母——朝着落日的那个地方去吧。你会看到一个炉火女神。你去那里，用献给爱神的香火去点燃她的爱之圣坛吧。去吧，她是真实的。你得离开我了，一路走好！”

“但是……”夸曼克拉还想说。

“我知道你要说什么，”女神打断了他，“遵从神谕是我们目前的职责。记住：无论对你还是对我来说，单纯的、如同孩子般的信任就是一切的最高点。如果有必要，也许我会来找你。只要我们坚持信任，一切都会好的。去吧，我再说一次，一路走好！”就这样，这位焦虑不安的男人看着从前在身边消失的妻子，极力抑制自己内心的悲伤，以免他们的孩子完全看出他们的悲痛。在他面前，曼莎同样也抑制住了自己灵魂的悲痛。

“父亲，母亲说我将在另外一个世界回到您的身边。我想知道当我回来时，您是否能认出我。”一听这话，夸曼克拉热泪盈眶，但他只是简单地回答：

“会的，亲爱的，我会认出你的。”

夸曼克拉苏醒过来时，这个平常的世界还是在按照它惯有的方式运转着。古老的地球还是围绕着自己的轴在以不变的周期运转。阳光追赶着阴影，阴影也追赶着阳光，这些基本元素好像在互相竞争，但凡人之间似乎并无这样的竞争。这是因为各种努力在相互协调，而尼亚克罗庞神主宰着一切。

这个新生的孩子在一个神秘的世界中睁开了双眼。她的脸上满是困惑——半是怀疑，半是理解。在充满乐趣的几年后，她就一去不复返了。人们都说这是一个老练的灵魂。这中间有一个人完全理解，但他什么也没说，他就是孩子的父亲。

/ 第五章

在黄金海岸的大都市

公元一九〇四年，在塞康第这个备受英属黄金海岸政府宠爱的保护区，还没有像自来水这样的供给。这一点也不奇怪。在普通的生活必需品譬如水的供给上，黄金海岸政府和人民一直都顺从老天爷的旨意。所以，当这个大都市对主要街道和露天场所进行规划布局时，政府当局根本没想到人是会渴的动物。其实，在这之前，一些经验丰富的人已经委婉地给政府提了几次醒。如果你去查找英属殖民地的档案，你就会发现早在19世纪80年代，英国部队医疗服务部的兰普莱医生就已经提出了一个给海岸角古城提供淡水的简单计划。然而，黄金海岸政府却把这个计划束之高阁。同样地，政府对把霍莫河的水引入政府总部所在地阿克拉的提议也置之不理。照目前的情况来看，一旦老天爷不下雨，这个大都市的居民的日常洗礼事实上就只能用苏打水进行了。

现在，如果你想看看塞康第的最佳面貌及它用水问题最严重的情形，你必须得在三月份乘坐埃尔德·登普斯特先生的一艘船到达这个城市。这个时候，这个国家的其他地区都已经沐浴在清新宜人的雨季中了。当你经过塔科拉迪海湾的时候，你就能看到塞康第这个被包围在一片带电阴云中的黄金海岸文明的起源地。从侧面看，它是一个大有希望的城市。天空已经出现要下大雨的迹象，雨点也已经敲打着轮船的甲板。但是当你想着自己将湿漉漉地上岸时，东北部分会突然出现一片光明，而来自上方天体的提坦神在电闪雷鸣中胜利地跳跃着。当你脱去雨衣时，海岸角的老居民就会愤世嫉俗地对你说："这就是典型的塞康第。就算所有的贮水池都是干的，我也不会惊讶。"

世界上其他地方一般都是海港工程早于铁路工程。在塞康第，却只有一个临时拼凑的码头可供船只停泊。结果就是，你只能在一条敞舱船里靠岸，而周围凶猛的海浪不断地涌向你。但是，让我们先假定一下你已经安全着陆了。如果在塞康第还保持着它那原始的淳朴的时期你就认识它了，那你就会看到一座铁桥。铁桥刚好贯穿英属殖民地和荷兰殖民地之间那条古老的天然分界线。桥下传出气喘吁吁的火车头发出的单调乏味的回声。在一个据说无论对人还是对野兽和火车头都很不利的气候中，这个火车头似乎承担着双倍的工作量。

在这个曾经是英国小镇的地方和其远处的高地上，你可以在日落时看到许多精心排列的木屋，它们的门柱用砖砌成。从远处看，木屋非常古朴和显眼，再走近些，你就会很失望。山脚下就是你在黄金海岸可以看到的文明的第一迹象——火车站。它是黄金海岸“大西北”号的终点站。“大西北”号走的是一条非常漂亮的线路，有着明快的曲线和坡度，在约三小时的时间内穿越三十九英里。这里，我过早地提到了它。

如果你不着急到山脚，就不妨和我一起去那间带有露台的平房处看看吧。那是一间供处理事务的政治官员居住的小屋。站在宽敞的走廊上，你可以鸟瞰塞康第。当西边的太阳悠闲地投入浩瀚的大海的怀抱中时，整个塞康第就沐浴在黄昏中，景色异常宁静。

假如了解这个城市的历史，你只要快速扫视一番，就会回忆起往昔的战争。远眺塔科拉迪海湾，你就会看到那儿矗立着一座古老的堡垒。那是火车开通前英国人和荷兰人在此发动战争留下的标记。这场战争名义上是两个欧洲国家之间的战争，实际上却是两大土著居民派系之间的派系之争。这两大派系的土著居民原本可以过上和平的生活。谁知道呢！但不管如何，英国和荷兰的旗帜把成千上万的土著居民拉入了对立的阵营。他们为了各自的阵营浴血奋战。只有这样，白人才可以趁机拿一些伪造的酒水来换取被暴雨冲刷到土著居民自家门口的珍贵金属。

当前，这些土著居民领袖的继任者正为了让英国的贸易在这些地区取得立足之处而忍受酷热和重负。尽管他们应该被英国政府记住，但可惜的是，英国政府并没有记住他们。这真是一件令人悲伤但又合法的事。没错，他们是受到了英国政府的保护，但过多的保护也让人害怕。确切地说，有时候，譬如在英国政府瓜分他们的领土时，或者在要把他们的权力降到最小时，他们就会被英国政府记起。最糟的是，在某些情况下，需要在民众间播撒不和谐的种子以故意破坏整个民族的完整性时，他们也会被记起。

一般来说，破坏的工作不是在青天白日下进行的，打个比方说，是在黑暗的夜晚进行的。这个强大的提坦神没有击倒他的受害者并完全剥夺他的生命。哦，不！那种行为太粗鲁了。他一手拿着杜松子酒瓶，一手拿着《圣经》，极力主张着道德的完美。内心深处，他也知道在当前的情况下非洲人不可能拥有这种完美的道德。但是，一旦非洲人失败，他们那仁慈的保护者就会以此为借口瓜分他们的部落，掠夺他们的土地，侵吞他们的货物，以及削弱他们的权威和制度的基础。套用英国诗人丁尼生的诗歌：“只有提坦才知道提坦想要的，只有提坦才知道提坦说话的意思。”但是，永恒的真理也一直存在：土著居民的自然发展路线是民族的、全民的，这是欧洲人实现成功的交往和规划的必由之路。这种情况再没有人比盖伊·埃登先生描述得更好的了。盖伊·埃登先生以其非凡的洞察力，在《黑人之王》中写下了这些富有启发性的句子：

身着人类文明的碎布，
他睡眼蒙眬，头发蓬乱，一瘸一拐地走在街上，
以幼稚的文雅对周围咧嘴笑着，向所有遇见的人乞讨。
他不是像你想的那样乞求完好的衣服来遮掩自己，
也不是在乞讨他渴望的可以果腹的食物。
不，作为一个热爱文明的人，
他乞求的，他想要的，唯有酒而已！

远在白人出现之前，
在这个不知名的小镇上，
饥饿和口渴是比尔从不害怕的两件事。
在他周围有大量的物质，一切都是他自己的。
一切都是他自己的，
因为有一个部落来向他觐见，
把他尊称为他们的王，
在过去的那些日子里，
大批的臣民给他献上了他们所有的忠诚，
那时他是人上之人。
但现在，

他却是最后一人了！

像高兴地玩耍的孩子在灌木丛中闲逛，
所有那些引起“大骚动”的人都去哪了？
那些疯狂的令人眼花缭乱的部落舞会去哪了？
黄昏时候那狂热的赞美诗去哪了？
他们都散了，消失了，
因为世上已经没有他们的容身之处了。
远远的海上传来了无情的喊声：
他们为什么应该活着？命运早就鲜明地表示了他们的厄运，
这是白人的土地！让黑人消亡吧！

“这是白人的土地！”
是的，答案迅速出来了，
文明，迈着热切的步伐，
贪婪地张着大口清除他们，
在他们可怜的骄傲中吞没了他们。
看，那就是他们中的最后一人，从前的王！
现在，在最低层中，他占据着最后一个位置。
当然，有一天，当讲到生命的故事时，

天使们也会为他这个种族的最后一人哭泣的!

我们刚才匆匆地看了一眼塞康第，而我们的同伴不是别人正是夸曼克拉。我们刚才重走了铁路桥，现在来到了塞康第属于荷兰殖民地的地区。街道的左边有许多牢固的商行，它们居高临下似的俯视着一幢只有四面光秃秃的墙壁的房子，那就是塞康第卫斯理公会派的礼拜堂。

这个简陋的房子所处的位置有着极其重要的历史意义。半个世纪以前，这儿曾经进行过英国和荷兰之间的战争。在这场战争中，一个善良的非洲传教士夸米纳·阿福亚失去了生命。夸米纳·阿福亚生前以詹姆斯·海福德的名字接受了洗礼。他曾是库马西市的英国居民，也是夸曼克拉的祖先，他的一个兄弟是当时的海岸角市长奎库·阿塔。作为一个和平使者，詹姆斯·海福德去帮助劝和这场战争。在战争中，他，虽然也许是意外，被残忍地夺取了生命。愿死者安息吧！这是一个神圣的场所，难怪命运之神似乎总是驱赶贪欲之神的崇拜者。

现在刚好是做祷告的时候。夸曼克拉随着人群进入了这幢神圣的建筑物，决定亲自去看看这五十年来传教士努力的结果。在人群中他时不时地看到一些熟悉的面孔。那是奎西·亚乌。夸曼克拉在海岸角求学时，奎西·亚乌还只是个孩子，在一个木匠处当学徒。他老得多快啊！脸上已经布满了皱纹。那边是埃西·梅努，过去在海岸角寄宿学校当洗衣工。她脸上同样留下了岁月的印记。夸曼克拉回想起在过去的岁月里这些年轻人有多快乐和充满生气的样子，一阵莫名的伤感油然而生。

他们现在到这儿做什么呢？当然，他们是来参加礼拜的。在那些遥远的日子里，他们这些年轻人在月光下手拉手唱起桑科[①]时，他们有没有参加礼拜活动呢？即使在那时，对于夸曼克拉来说，那些他们耳熟能详的桑科的歌词也是意蕴丰富的。今天，当他听着一个年轻的传教士弹奏旧风琴发出呼哧呼哧的声音时，夸曼克拉不禁想到在把自己的生活方式转换成白人的生活方式的过程中，他们的民族失去了多少。在听风琴演奏时，他们都拿着响板。他们中的一员科比纳·埃杜独唱他们最喜爱的桑科时，其他人就用响板来打拍子，并适时地加入合唱部分。他清晰地记得这些歌词，意思是：

我的同伴们，看看我们的努力获得了怎样的成功，
看看你的孩子们已经努力到什么程度了；
如果是这样，我们还须继续努力！
她皮肤黝黑，美丽动人，宛如她的祖先！
晨星，你亦如你的祖先！
我的爱人，到我的怀中来；

① 桑科（Sanko）:芳蒂语，意为“海洋之歌”。

我的救星，到我的怀中来。

这个季节，我们多么疲惫！

晨星，我的爱人，亲爱的，到我的怀中来！[①]

这个年轻的传教士正努力演奏的是由艾拉·桑基作曲并演唱的《以但以理为模范》的副歌。与原作相比，这首桑科的歌词是多么简单、自然、朴素。他们唱着桑科的那些日子正是芳蒂处于健康发展的成年期。可是现在，这个国家已经违背了自己在盛年时期许下的种种诺言，很有可能会在白发苍苍时伤心羞愧地走向坟墓。

教堂会众大部分是孩子，每个人都穿着几英寻[②]产自曼彻斯特的手织物。站在唱诗班前面的是他们的老师，他的装扮自然也引起了大家的注意。他身穿优雅得体的黑色燕尾服，有着明亮的袖口和衣领，脚上穿着黑漆皮鞋，他偶尔会用藏在衬衫袖子里的手

---

① 原文为：Mi sankofu, wo nwhe bra yaku apa,

Inwhe br wumba arku awiay;

Aryarsa, ye yi wu be ye biada!

Obiri, Osawu si ay!

Adapawi, osawusi,

Mimpona, bada miyamu.

Afi yin a nisini ya funa!

Anapawi, mi dofu, mimpona ba da miyam!

② 英寻（fathom）：一种长度单位，1英寻为6英尺，约合1.8288米。

帕来擦一下自己的皮鞋，以便让它们保持一尘不染。毫无疑问，他看起来是个衣着时髦的人，但同时他看起来也的确像个真正的傻瓜。

这就是半个世纪以来传教士的热情和努力的所有结果。难道就是为了这样，我们民族淳朴善良的父辈们才会在历经苦难后撒手人寰？他们祈求光明，为了自己，也为了自己孩子的孩子们。但是，你们的神说，难道不是黑暗代替了光明，笼罩了这片大地吗？

给这群黑人会众传教的牧师是个白人。就在这幢神圣的建筑物前面的外墙上贴着一张通告，通知相关人士今天的某个时候在车站的会所内将会有一个为欧洲人举行的礼拜仪式。夸曼克拉厌恶地走开了。

当天晚些时候，他遇到了埃西·梅努，她正是过去的那个洗衣工。他问她："埃西，你还认得我吗？"她上上下下打量了他一番，刚准备过来拥抱他，却又突然止住。

"怎么了？"夸曼克拉说，"难道你的新宗教教你要对老朋友有所顾虑吗？好吧，为了向你证明至少我还没有变，今晚我将带一些桑科过来，在音乐和舞蹈中我们会有个美好的夜晚吧？"她惊恐地抬起了头，好似在说："给我滚，魔鬼。"

夸曼克拉像被打败了一般往后退，但这个教训对他并没有什么影响。他决心从今以后要把余生都用在恢复民族的古朴和信念上。在这样的决心中，他默念着：“武士道（日本的神道教）给我们提供了一种完美的典范：贫穷而非财富，谦逊而非虚饰，克制谨慎而非沽名钓誉，自我牺牲而非自私自利，关注国家利益而非个人利益才是典范。这种典范激发了强烈的勇气，让人不会因为看到敌人而折回。它能使人冷静勇敢地面对死亡，与任何形式的羞辱相比，它更喜欢死亡。它宣扬对权威的服从，以及为公众的幸福而牺牲自己或家庭的所有个人利益。它要求它的信徒们在身体和精神上都遵守严格的纪律，它发扬了尚武精神。通过赞美诸如勇气、忠诚、毅力、勇敢及自制等美德，它不仅为武士，而且为无论是和平还是战争时期的男男女女提供了崇高的道德法则。”

“对，就是这样！就是这样！我明白了！”夸曼克拉说，“如果要把我的人民从国家和民族的灭亡中解救出来，就必须以似火一样热烈的信仰向他们展示，而不是让他们信奉柔弱的多愁善感的观点。那种观点无耻地把凡人和上帝的圣者即他的儿子耶稣基督等同了起来。”

/ 第六章

世界、众生、恶魔

1

对于神父赛拉斯·怀特利来说，一切已成定局。从完成大学学业到被授予神职，他对自己和上帝及上帝之子耶稣基督的关系没有任何确定的观念。在当时任职黄金海岸政治委员的大学好友肯尼迪·比尔科克斯的建议下，特别是当他得知肯尼迪的一两位朋友愿意帮他走殖民部官员的关系时，他决定与其在南非的东伦敦市继续当个助理牧师，过着拮据的生活，还不如去申请塞康第殖民地牧师的职位。

比尔科克斯首次向他提出这样的建议时，怀特利就急切地问："那儿的工资如何？"

"噢，刚开始时一年只有五百英镑左右，以后每年增加二十五英镑，最高增加到六百英镑。除此之外，还有这样那样的酬金和津贴，每年免费往返英国一趟，以及其他的一些福利。你还会有一个助理牧师，他当然是黑人，会替你做那些你不必做的苦差事。”

“即使没有其他的福利，这对我来说已经相当不错了。我从心底深深地感谢你给我提供了有关这个职位的信息。天哪！你们这些在殖民地的人有多受宠啊！想想看，我差点准备这一辈子都把自己囚禁在东伦敦了。”

“但是你一定得记住，”比尔科克斯说，“你必须得遵守纪律。举个例子，你绝不可以加入那群愚蠢的‘革新主义派’，否则你将毫无晋升的机会，而且你甚至可能会被罢免。罢免的过程非常简单：你会因为‘发烧而病倒’，接着就会被遣送回国，然后你再也不会回来。就是这样！”

“你不必担心这些。我没有那样的倾向。但你还是和我说说黄金海岸那些‘革新主义派’的事吧。”

“哎呀，他们就是一小撮白人傻瓜。他们有眼无珠，看不清自己的利害关系所在，提倡给当地土著居民平等的权利，就是那样一些蠢话。现在，别告诉别人，”他突然低声地恶作剧般地笑了起来，“副总督第一次在我们当中表明态度时，说他自己也有‘革新主义派’的倾向。他也不愿意听从我们这些黄金海岸的老一辈的意见。跟你说，他那时看起来好像只有在被咬后——被狠狠地咬了以后——才会吃掉那些‘黑鬼’。请原谅，我说了一些黄金海岸的粗话。现在他已经不再唱‘革新主义’的调了。”他特别强调了最后一句。

“他是怎么被咬的？被谁咬？”

“当然是被芳蒂人咬的。难道你没在那时的报纸上看到过他是如何在中部地区被当地的妇女轰赶的？我是支持轰掉他们的要塞，把全国各地的‘黑鬼’都炸飞的，但是那个道德败坏的老家伙，就是殖民部的那个常任秘书，他不肯让我们这样干。顺便提一句，他是殖民部唯一真正当家做主的人。‘黑鬼’们轰赶一个副总督的事，想想就很糟糕。”

“我得承认，比尔科克斯，我不太理解这样的冒犯有多严重。我想一定有什么原因才使他们轰赶副总督吧。”

“哦，就是关于地区参议会的问题。”比尔科克斯疲倦地回答。他突然好像想到了什么：“我现在得回家了。我的小女儿急着欢迎她爸爸回家。我到伦敦是来领工资的。不知怎的，遇到以前在黄金海岸的人总是会让人变得不理性。”

“比尔科克斯，你这是什么意思？”怀特利问，“我肯定你对同事一定有比刚才更好的评价。”

比尔科克斯无视他话中的批评之意，悲伤地说：“你知道吗，怀特利？我从非洲回来后，有时候真无法忍受我的女儿向我提出的一些有趣的问题。我的女儿认为，上帝从一本造出了万族的人，住在全地上[1]。你应该知道这句名言，这更应该是你说的话。我不知道她是从哪里得知这个想法的，但是她总会跳到我的腿上，用她那娇嫩的蓝眼睛直视着我。她一开口就说：‘爸爸，我希望您对那些您必须照顾的可怜的非洲人很友好。人家说他们有时候受到了虐待，但是爸爸您一定会对他们好的，对不对?’当我独处的时候，我的确想到了这些，我的内心也告诉我孩子的观点是对的，但是，它和我的工作职责是完全矛盾的。”

“你说的话很有道理。坦白和你说吧，比尔科克斯，我其实不太理解，举个例子来说，为什么理性的人会因为一个副总督被轰走就变得歇斯底里呢?前几天我在女皇大厅参加集会。在贝尔福[2]先生演讲时，人群对他发出了嘘声，好长一段时间他都没办法发言。我可不记得有出动轻骑兵来处罚那些被格兰特·艾伦[3]称为‘没规矩的英国野蛮人’的事儿。请注意，贝尔福先生可是首相啊。”

“也许这就是理性地看待事情的方式，但是我们都深受那种叫作‘对海岸人的良心’的责备。当你去了那里，你就有机会接触到这种责备，作为牧师，你的权力会拯救你，使你免受这种责备。但就我自己来说，如果我不立刻放弃这份工作，我马上就会发疯

① 出自《使徒行传》。

② 贝尔福（Arthur Balfour，1848—1930）：英国哲学家，1902—1905年任英国首相。

③ 格兰特·艾伦（Grant Allen，1848—1899）：加拿大小说家。

的。”

赛拉斯·怀特利在适当的时机得到了塞康第殖民地牧师的职位。他的薪酬也没有像他那位政治委员朋友所夸口的那么丰厚。他的母亲对这个结果已经非常满意了。但是说句公道话，在航海出行到非洲前，牧师的内心充满了不安，首先是对他自己的精神状态的担忧，其次是对自己在面对官方的压力时是否有道义上的勇气来尽一个普通人的本分的忧虑。但是，在黄金海岸生活了几个月之后，他所有的不安都烟消云散了。他为什么需要担心自己的精神状态呢？他不是第一位受良心的责备困扰的牧师。他会履行自己的职责，当任期结束时，他会收拾行李离开。而且，他似乎过高地评价了黑人的品性。他已经开始认为，黑人只不过是一群不诚实的人，他们到处抢劫白人的商店，走私违禁品，一有可能就诈骗女王陛下的政府。他作为殖民地的牧师，职责非常明显。他必须教会女王陛下的法官们携手合作，教会这些人诚实的基本原则。没错，在黑人知识分子中的确有少数特例，但他甚至开始对如何安置黑人的知识分子抱有怀疑。他根本不确定如果碰巧在黄金海岸遇到夸曼克拉，自己会如何接待这个在大学时期就略有了解的人。

殖民地的助理牧师是夸乌·拜多，年薪一百五十英镑。他负责铁路沿线的牧师工作，管理着塔库瓦市的一个传教团。除此之外，他还做了怀特利扔给他的大部分牧师工作。而怀特利牧师自己，领着丰厚的薪酬，却做着轻轻松松的工作。怀特利小心地解释，这是因为医生建议他在这种可怕的气候下尽量少做事。除非为了纯粹的公务，牧师和助理从不来往。他的助理是个非常有教养的人，在某些方面比他资深，学历也比他高。他不是对他的助理不友善。哦，天哪！他只是希望双方能相互理解他们之间有一道天然的鸿沟，那是他们各自在社会地位上的差异造成的。所以，如果两人碰巧在特遣牧师的办公处一起工作，这位海关的主管（就让我们这样称呼怀特利吧）就会很有礼貌地说："拜多先生，请原谅，您会发现走廊非常凉快舒适。"

夸乌·拜多牧师是个谦逊的人，只要怀特利牧师不在原则问题上和他发生冲突，他就不介意。但是，最终，一块绊脚石以种族隔离问题的形式出现了。阿克罗凯里镇被计划纳入一个直接面对铁路并占有这个地区最好地方的欧洲军营工程。按理说，当地的酋长和他的民众应该拥有除了建筑矿井所需要的地区之外的整个区域。然而，在殖民政府的默许下，当地的民众被安置到了东面群山的陡坡上，为了这个住所，他们还必须按季交租给政府。但是当要不要造一块埋葬阿克罗凯里人的公墓的问题出现时，欧洲居民提出他们决不愿意让他们的死者和"黑鬼"的尸体混葬在一起。政治委员就此事向特遣牧师的办公处征询意见时，赛拉斯·怀特利牧师认为欧洲人的观点是对的，而这让夸乌·拜多牧师非常生气。

“你的意思是不是说，作为耶稣基督的使者，你支持这种破坏基督教徒慈悲精神的无稽之谈？难怪人们对我的呼吁充耳不闻。这一次我就明白地跟你说吧。你我都自称要追随基督，如果你不服从理性和基督的天性，我就把你的行为汇报给主教。如果需要的话，我会向坎特伯雷大主教上诉。”

“你可以做你喜欢做的事，拜多先生。但是你似乎忘记了这是英国的殖民地，你和我都是从殖民政府而不是从坎特伯雷大主教那儿领薪水的。而且，我觉得你的反对是一种无礼的举动，在我向总部建议解雇你之前，你必须暂停工作。”

没过多久，夸乌·拜多牧师就被迫从殖民政府离职了。欧洲人的公墓和本地人的公墓之间隔了一条三十六英尺宽的路。前者用栅栏漂亮地围了起来，这些费用大多来自黑人贡献的资金。但是，这事首次在国外被捅了出来不久后，塞康第主教辖区内就无人不知了。

2

一个老态龙钟的老妇人，拄着拐杖一瘸一拐地走进了特遣牧师办公处的院子，坚持要见这个白人牧师。

特遣牧师办公处的院子干干净净、纤尘不染。毗连的小花园里盛开着芙蓉花和巴豆花。院子的周围，麝香豌豆花和红花菜豆含苞欲放。从院子的外观来看，赛拉斯·怀特利牧师非常欣赏生活中美好的事物。

这位殖民地牧师已经吃过丰盛的晚餐，正在院子里枝繁叶茂的面包树下享受一支古巴雪茄烟。满月透过茂密树枝上无数的叶子洒下一片银光，在他脸上形成一个光环，这光环与牧师此刻世俗的想法很不协调。

“是的，我相信即使是耶稣基督的使者也可以过得很快乐。我为什么要像个傻瓜一样在俱乐部里拒绝威士忌和汽水呢？而且，我们必须得对什么人说什么话。这显然是《圣经》的训诫。这完全符合我现在的心情。没了，抽完了。”他弹去了雪茄烟燃尽的烟灰。

一阵低沉的咳嗽声引起了赛拉斯·怀特利牧师的注意，他转过身朝声音传来的方向看了看。他原以为这里就他一人。

“是你吗，南希？”他向老妇人打招呼，“今晚什么风把你吹来了？”

老妇人对他行了屈膝礼。她是在教会学校中长大的，在那里上完了高中，英语说得非常流利。她曾经爱过，却都失去了。她先是失去了丈夫，后来又失去了被丈夫视为掌上明珠因此对她来说特别珍贵的独子。我刚才说了失去吗？哦，不，她没有失去他们。至少传教士们一直这样教导她。当她伤心难过时，牧师就用耶稣复活的黎明来给她希望，让她振作起来。她已经慢慢相信，在另外一个世界的某个地方，父子俩在等着她。她所期待的也就是某一天的某一个幸福时刻，他们俩会把她接到他们身边去。她现在就是因为这个念想而活着。她时不时地觉得自己听到了上帝对她说：“我是道路、真理和生命。”上帝告诉她到天父那里的路就在于维护真理。在过去的一段时间，她心头重重地压上了一块石头。她觉得只有把真相告诉怀特利牧师，她才能移去这块石头。所以她就到这里来了，但她还是不知道该如何开口。

一阵微风吹过，头上茂密的树叶发出沙沙的响声。明亮的星星透过枝头照射在这个唯愿与大自然和谐相处的淳朴的老妇人身上。她的灵感就如任意刮着的风一样，突然掠过她的脑海。她可以给牧师讲一个故事。她曾经听说牧师非常喜欢芳蒂的故事，而且喜欢收集这些故事。在非洲还有什么时候比月明之夜更适合讲故事呢？

南希把拐杖放到一旁，在牧师给她的一张矮凳子上坐了下来。咳了几声后，她清了清嗓子，说：“我这儿有个很不错的故事，您可以把它收录到您的故事集中。今天晚上我的身体比往常好多了，所以我就来了。”

“当然，欢迎之至，”赛拉斯·怀特利牧师说，“快开始吧，南希，我已经迫不及待地等着你开始讲故事了。”

“从前，”南希的声音洪亮而清晰，“两个穆罕默德的传教士到了一个遥远的国度为他们的真主效力。过了一段时间后，他们二人分别朝不同的方向走去，自那以后，二人很少听到对方的消息。

按照习俗，这两位传教士都在皮革行业和其他有用的行业从业。结果，阿卡尔巴非常成功，积累了不少的财富，而他的朋友阿达库却过着朝不保夕的生活。尽管如此，真主还是非常护佑前者的努力。正如世道常情那样，阿卡尔巴进入了最上层的社会。可是，在祷告数珠子时，他并没有感谢真主赐予他所拥有的一切。

“一天，他从清真寺回来时，遇到了一个跑腿的人。此人递给他一小片写着阿拉伯语的羊皮纸。打开后，他发现这是他的那位传教士兄弟捎给他的信。据他所知，他的那位兄弟现在是个地位低下而且卑微的人。那信上说：‘今天，你的兄弟我阿达库将寄宿在你家里。’

“阿卡尔巴皱了皱眉。这真是太不方便了。这一天，郡长刚好要和他——生活优裕的阿卡尔巴——一同进餐。如果在餐桌上看到他那位托钵传教士朋友，郡长会说什么呢？不，绝不允许发生这样的事。他下了决心。‘来，小伙子，赶快把这羊皮纸带回给我的兄弟阿达库。请务必还给他。你回来后我会给你祝福和一枚银币。’

“这个小伙子穿过市场上的骆驼、马群和牛群，穿过城市的第五扇门，却发现阿达库没在原先说好的地方等他。此时，阿达库已经穿过第七扇城门，到达阿卡尔巴的住宅了。

“‘嗨，兄弟，愿真主赐恩于你。’阿达库说。

“阿卡尔巴明显不安地发抖：‘你没收到羊皮纸吗？’阿达库一

脸茫然：‘什么羊皮纸？’

“阿卡尔巴没有回答他，突然，他好像想到了什么，起身离开。好几个小时过去了，阿卡尔巴还是没有回来。阿达库这时才明白：‘显然我在这里是不受欢迎的。’他穿上凉鞋，拿上自己的东西，走出朋友的房子，边走边把脚上的尘土跺下去。据说，他在祷告数珠子时，仍没忘记在真主面前为他的这个朋友祈祷。”

老妇人讲完她想说的话后，赛拉斯·怀特利牧师说：“南希，你的故事很有趣。但是，这个故事到底是什么意思呢？”

“是的，这个故事的确有趣，”她回答说，“但是牧师您知道吗？近来我很怀疑您在每个星期天布道时宣读的关于上帝的爱、神的爱及其他的一切的真实性。天哪，如果这些都不是真实的话，我该怎么办呀？我已经等了这么多年了。现在我的丈夫在哪？我的孩子又在哪？”看到这个可怜的老妇人这么苦恼和痛苦，真的令人很难受。

“南希，你别这样。但是到底是什么使你对天堂和上帝的爱产生怀疑的呢？”

老妇人擦掉了眼泪，不慌不忙、慢吞吞地说：“牧师，刚才我讲完故事时，您问我到底这个故事是什么意思。我自己想到这个问题后，也曾日日夜夜地向上帝祈求着同一个问题的答案。现在，在上帝的帮助下，我知道了。您，就是我这个故事中的阿卡尔巴。上帝提拔您，使您胜于您的同伴，成为我们这些孤独的小百姓的向导，引导我们走向爱，走向天堂。但是很显然，您并没有用爱来对待您的兄弟夸乌·拜多。他现在已经失业了，还要供养妻儿。方圆好几公里的教区的教徒们都已经知道了他的事。哦，不！如果到达您经常宣扬的天堂有两条路可走的话，一条属于我们这些黑人，另一条属于你们——我们的主人，那么我们走的这条路该有多么坎坷啊！请您告诉我——因为是您让我有了希望——请告诉我，我的丈夫现在在哪？我的孩子在哪？”可怜的老妇人搓着自己的手，突然大喊：“告诉我，因为是您使我产生了不切实际的希望。哦，天哪！我该怎么办呀？”她突然昏倒在地，全然不省人事。牧师用尽了一切办法，还是没能使她苏醒过来。医生到达后，他宣布这个可怜的老妇人已经死亡。

/ 第七章

帝国的迹象：忠诚的心

五月二十四日是帝国日[①]。这一天，整个大英帝国境内的人民都在庆祝他们伟大的女王维多利亚的诞辰。女王在她这一生中为英国王位增添了一道闪耀着女性美德的独特光环。一提到女王，任何地区、任何时代的普通人都会深深地鞠躬以示虔诚的效忠和尊重。

黄金海岸也是大英帝国的一个组成部分。它是大英帝国这条完整的链条上必不可少的一个小环。因此，当成千上万身穿埃塞俄比亚的服装、梳着优雅而漂亮的发型的妇女成群结队地出来时，当孩子们拿着旗帜、棕榈叶、鲜花，每个人都兴高采烈得仿佛去参加婚宴时，我们就可以知道这个民族的心对帝国有多忠诚。这

① 帝国日（Empire Day）：5月24日是英国女王维多利亚诞辰，1947年起改称联邦日。

些忠诚的心将要成为自由的埃塞俄比亚帝国的核心。有这么忠诚的心，还有什么事做不成呢？

他们为什么这样盛装出现呢？帝国日对于这些淳朴的人来说有什么意义呢？他们所知道的仅仅是这位伟大的白人女王，这位伟大的女主人，这位孕育了正统治着他们的国王的女人曾经在这天出生，所以他们很乐意向她表示敬意。但是如果你问他们为什么要爱戴她、怀念她，他们没法告诉你原因。也许这就是一种出于本能的感觉。他们觉得她——这么善良的一个女人——绝不会对他们和她的民众不好。同情心使他们产生了对女王的忠诚。即使在她去世之后，他们还是会很亲切地提起她，说："现在是我们女主人的儿子在统治我们，让我们去为他效忠吧。"①

这是一个值得商人铭记的日子，因为工厂被临时关闭了，他们亏了钱；这是一个值得官员铭记的日子，因为这给了他们一天的假期和额外的酒水；这是一个值得学童铭记的日子，因为他们得到了社区淳朴的人无偿提供的款待——人们以此作为献给这位伟大的白人女王的礼物。就这样，这一天，所有的人都笑笑闹闹地过得很开心。

而对于肯尼迪·比尔科克斯来说，在这一难忘的日子，他却得检查过去六个月来自己外出休假时的地区记录簿。因为助手休

① 原文为：Inde Awuraba niba adzi adzi, wo ma ye nkoko sumunu.

假，所以他得来负责检查记录簿。但是他越看越生气，因为事情并不完全合乎他的心意。现在已经是傍晚时分了，天气非常闷热。而他，这位国王的忠仆，却一直在辛辛苦苦、任劳任怨地工作着。他突然转过身对勤务兵说："奎西，快！快跑到麦坎先生那里去，让他马上过来。"

"遵命，先生！"奎西马上就沿着大街朝练兵场的方向跑去。

"先生，主人让您过去。" 奎西对正在自娱自乐的麦坎先生说。

"在这样的日子，你的'主人'究竟为了什么事要让我过去？告诉你的'主人'我这就过去。"

"啧!啧!啧!我很想知道，你到底能办好什么事?"政治委员肯尼迪·比尔科克斯对他的助手大卫·麦坎说。麦坎恭恭敬敬地给他鞠了个躬，但政治委员只是点了点头，恐吓般地朝其看了一眼。"事实是，对黄金海岸外交部你也太正直了。这确实是你们苏格兰人的作风，你们这些人总是把那讨厌的良心置于职责之前。看看，你毁掉了我这十八个月来为了在因辛马地区实行副总督详细制订的政策而做出的艰辛工作。"

政治委员这样对待他，大卫·麦坎有点惊讶。一开始，他根本不清楚肯尼迪的大发雷霆是这炎热的温度造成的，还是喝多了威士忌掺苏打水，或者是肯尼迪不巧生有良心而引起的。说实话，大卫·麦坎是个典型的苏格兰人，绝对诚实公正，在非洲人中已经获得了一个"诚实的大卫"的绰号。思考了一会儿后，大卫说：

“对不起，先生，我丝毫不清楚您在说什么。如果您能冷静地和我说，我也许能更好地理解您。”现在，他的苏格兰血统战胜了他自己：“同时，我也要警告您，先生，尽管我非常尊重您，但您如果还这么贸然提及我的民族，我会很反感的。”

“你允许那个莽撞的流氓夸曼克拉偷偷地进入这个地区，到底是什么意思？”比尔科克斯无视麦坎的抗议，愤怒地责问他，“我可以向你保证，我们将因为他忙得不可开交。你必须得就此事向总部负责。无论如何，我都不会让你继续留在这个地区了。你听到没有？我建议你马上离开。如果你马上离开，当你回来时，你也许可以去金坦波，或者其他更热的地方，我才不管呢。”

“比尔科克斯先生，您今晚怎么这么可笑呢？我怎么能阻止夸曼克拉到这个地区来执业呢？而且，他是本地人，这里的酋长们都很尊敬他。我一直觉得我们是要通过酋长们来开展工作的，以此类推，我们就得通过他们天生的领袖来开展工作。”

“你把对像夸曼克拉之类只会写垃圾文章的人有利的政策叫作良策？”他把原先放在脏乱的书架上的厚厚一卷书重重地扔在桌上。“请注意听，然后告诉我你的判断力是否还在，”他开始读起翻开的这一页，“‘如果在基督教国家中存在诸如政治伦理的东西，或者是政治伦理的假象，是因为在所谓的基督教国家中有一些基督精神的假象，我们也许可以探究一下在对待土著民族或者有时被他们慈善地称为低人一等的民族上，基督教国家到底有多符合基督的道德标准。’这就是异端邪说，因为它告诉土著居民我们是一群伪君子和穷凶极恶的人。想想看，就是因为你的愚蠢，写出这么卑劣的东西的人也被允许进到这里来了。”比尔科克斯继续气呼呼地说。

麦坎动了一下，似乎想把政治委员击倒，但就在这时，走廊上传来了一个声音。转瞬间，怀特利已经站到了两人中间。

“你们两位绅士为什么不到后院去像运动员一样一决雌雄呢？你们竟然在黑人能听到的地方任意表达对彼此的观点，对于这种做法，我都不知道该说些什么。天哪！他们簇拥在楼梯下，排成一列在那偷看，直到我出现把他们赶出房子。在我年轻的时候，我们做事可不像你们。你们知道的，我们那时候没这么多话，不过，也许跟这大热天也有关系，或者，我就不应该这么多事来干涉你们。”他先是朝比尔科克斯，然后又朝麦坎摆出一副拳击手的姿势。这情形看上去非常可笑。麦坎没心情和他们开玩笑，他一把抓起自己的帽子，鞠了个躬，马上就离开了。

“勤……勤务兵！勤……勤务兵！鸡尾酒，两杯鸡尾酒，听到了吗？快点！否则，我就折断你的每一根骨头！”接着，比尔科克斯转过头对怀特利说，“这些勤务兵总是围聚在附近偷听，最糟的是，你又不能没有他们。”

当勤务兵把鸡尾酒拿来放在桌上离开后，怀特利说：“比尔科克斯，我想提醒你，在这些当地人能听到的范围之内，提到夸曼克拉时你要小心一点。你根本不知道他有多受人欢迎，你也根本不知道他的影响力有多大。就我个人来说，他身上有一种我一直以来无法抵挡的东西。在我还是学生的时候，我就认识他了。在正常情况下，我得说这是他的男性意志和人格力量的魅力。但话又说回来，在这些地方，没有人是正常的。”说这话时他特别强调了“没有人”这个词。从他的话里，比尔科克斯听出了一种奇怪的悲伤之情。

“注意别忘了行政首长的晚宴，否则他永远不会原谅你的。时间是晚上八点。”怀特利一边说着，一边慢慢地走下了楼梯。

至于麦坎，他脑海中情不自禁地想起了那本名为《黄金海岸外交工作》的奇怪杂记。他记得以前在哪里看到过下面这段话：

> 细心的观察者必然会发现黄金海岸的公职往往是个很费力的职位。如果这个职位的人诚实而又聪明，他马上就会发现一些奇怪的政策。他想到的第一件事就是他供职的政府制订的自己不能享用而又不让别人享用的政策。他会发现，理论上，民众是自由的，他们有自己的法律和制度。他会明白，政府很显然也意识到了这个事实。但实际上，政府却希望他——这个人民的公仆——尽可能地来干涉民众的制度。无人告知他可以允许民众制度自由发展，也没有人明确地指导他去努力影响他们。

他今天所做的事，他的上级认为是错误的事，也许在明天就会由他人来做并受到上级的表扬。

当他根据事实来推断，努力想彻底了解他的上级如此恼火的真正原因时，他逐渐明白了这个真相。他做了原住民认为诚实的人应该做的事。在作为黄金海岸外交部部长期间，他充分地鼓励了这些酋长去相互团结，去巩固他们在自己的民众中的权威和控制权。他支持在整个地区建立国立学校，他也支持各酋长去制订要求每个孩子十四岁之前必须上学的地方政策。所有的这些都是符合民众正常健康发展的。凭着智慧和机智，他全力以赴地干了起来。他从未想过原来有一个理论上的政策和实际上的政策，后者的目标就是要在埃塞俄比亚国内使埃塞俄比亚人永远为他们的白人保护者和所谓的朋友伐木和取水。这就是他的上级希望他做的事。这样对吗？他能凭着良心来这样做吗？

/ 第八章

权威人士的盛大宴会

在一场精致的宴席中，大家都兴致勃勃、心情欢畅。他们无所不谈，话题从牛津大学的指导老师转换到日本的海军大将，再到俄国的将军。聊到利口酒和咖啡的时候，每个人都很兴奋，但事实上，最开心的莫过于那位亲切的宴席东道主了。他的确是个慷慨的好心人。

行政首长今晚表现得比以往任何时候都出众。当他口若悬河、滔滔不绝地从一个话题转换到另一个话题的时候，永恒的种族问题就理所当然地公平地被提及了。

参加晚宴的客人都是一群有学问的人，包括外交部的官员们，一两位医生，还有一小撮黑人律师。这样的一群人聚在一起，就不免高谈阔论起来了。

一位年轻的律师开始评论起废除阿戈纳酋长一事。主人刚好转过身来，听到了他的话。“当你们说起当地的国王和酋长的控制权时，我就对你们失去了耐心，”他说，“英国的国王就是这里的国王。认为这些傀儡酋长应当有司法权的想法实在太荒谬了。”

外交部的麦坎冒冒失失地过来给这个年轻的律师解围：“我记得曾经在黄金海岸的《法典》中看到过一个有关当地人的司法权的法令。”

主人嘟囔着，不再啰唆，直截了当但很有礼貌地对麦坎说他对此事几乎是一无所知。接着，他转向夸曼克拉，继续说：“你怎么看？你兴建了国家，但是某一天你的一位傀儡国王把你打发走，逮捕了你，或是把你关进了监狱。在这种情况下，你会有什么想法呢？”

“我承认，”夸曼克拉回答说，“即使在这样的情况下被拘禁，也确实是件不愉快的事。但如果司法权就在那儿的话，除了服从它之外还能做什么呢？”

“这正是你不需要做的事。你们当局带着他们那些令人迷惑不解的司法概念到我面前来的时候，我会把他们当作小孩子一样来对待，把整个提案作为一个玩笑来看待并驳回。我可以向你保证，这是最有效的方法。而且，认真地说，你没有考虑到枢密令的效果。”

“您指的是哪个枢密令？”一个少年老成的人老到地问。

“除了最后一个枢密令，我还能指哪一个呢？我指的就是这个规定了殖民地的界线，把司法权授予我们国王陛下的法令。”主人几乎尖叫了起来。

“亲爱的先生，”夸曼克拉插话说，“请允许我冒昧地来帮助我这位年轻的朋友。如果您去研究一下这个国家的宪法历史，您就会发现达成协议应该是双方的事。”

一时间，主人不知该如何回答。他不太清楚这个话题涉及的历史。但箭在弦上，他不由得大声喊道：“尽管如此，这也是你们自己当中的某个人就此事起草了一份报告。正是基于这份报告，殖民政府才做出了这样的反应。我可以向你保证，我亲眼看到了这份报告。我现在只是在跟你讲述事实而已。”

“我说，怀特利，”行政首长继续说，“上次你是如何处理你的公墓之争的？我听说你已经解雇了你的助手。我说，这事你办得真不好。我特别擅长处理所谓的像当地人的司法那样的事，但是说到死人的种族隔离，我告诉你我真理解不了。你想想黄金产业的先驱老劳森，就因为肤色问题，没能体面地下葬。这种事简直荒谬可笑，我不赞成。”怀特利脸红了，他看起来有些迷惑不解。行政首长的批评非常尖锐，也非常出乎他的意料。

无论讨论的话题是什么，行政首长素来以坦率发表自己的意见而闻名。比尔科克斯觉得由他来拯救殖民政府政策的时机到了。

“太棒了！首长，我喜欢您这精彩的演讲，”比尔科克斯对行政首长说，“我从来不知道您反对种族隔离。委员会下次开会时，我一定会记录像阁下您这样的政府高官的深思熟虑的想法。”

“我一直无法理解那些支持种族隔离的理由，”认真尽责的麦坎冷不丁地插了话，“举例来说，如果是在传染病流行期，我完全理解那些患病的人必须无差别地被隔离起来。但在正常情况下，毫无疑问，我不理解实施种族隔离的原因。”

“此事和传染病毫无关系。一般人都知道这一点，”比尔科克斯愠怒地反驳，“此外，众所周知，白人从来不会从黑人那里感染天花。”他画蛇添足般地补充。

“哈哈哈哈！”卡斯托医生突然大笑起来，“太有意思了，你继续说。我干了一辈子，还没听说过这样的事。”

“我希望你不是有意来侮辱我的，医生，”比尔科克斯朝黑人医生那边挥了挥手，“而且，在这些绅士面前讨论这些话题显然是不妥的。很抱歉，我必须得走了。”

“别走呀，比尔科克斯先生，”夸曼克拉挽留他，“我们真的一点都没生气。我这里的朋友们和我自己一样，已经习惯了这样的事。可那有什么关系呢？就我来说，我是极力主张交互性的。”

“交互性和这有什么关系呢？”政治委员很生气地问。

“先生，”夸曼克拉冷静地回答，“只有当您把整个人类不分种族地看成一个整体，把所有的人都混在一起，就像您把陪审团的纸条混合起来一样，这样做了以后，您才会发现受过教育的人会自动地聚集在一起。同样地，那些举止粗俗无知的人也会自动聚集在一起。当然，您也许会忽略这条自然法则，挥一挥手，就把各民族限制在相互独立的密不透风的隔间内。这就是我提倡交互性的原因。”

“我说，各位，我们得走了，时间已经不早了。”法律界的一位资深成员边说边站了起来。他手上拿着头巾，向友好的主人告辞，而此时，这位慷慨的主人正为比尔科克斯的粗鲁无礼而大为恼火。“晚安，先生，感谢您今晚的盛情款待。”

接着，他又和其他人道别：“晚安，先生们。”

/ 第九章

“黄　祸”

夸曼克拉的儿子埃克拉·库沃还只是个十几岁的孩子时，在父亲的教诲下，他就已经具备了政治智慧。他是一个头脑敏锐、思维敏捷的孩子，时不时地会向父亲提出许多令他好奇的问题。而对于他的这些问题，父亲也总会给他一些精辟的回答。

当夸曼克拉这个一家之主悠闲地翻阅着《公众舆论》时，他那早熟的孩子伸长了脖子在他椅子后面看着。突然，孩子问道：“什么是‘黄祸’呀?”

夸曼克拉闻言从书本上抬起眼睛，招手让他上前。夸曼克拉好奇地看了看男孩，然后说：“假如你一定要知道的话，我想我必须得给你上这堂课了。或许，这样的课越早给你上越好。现在，让我们假设一下，如果你明天一定得去上学，在街角处奎库·门萨打掉了你的帽子，一拳捶在你鼻子上，你会怎么办?”

“我当然会一拳打回到他头上。”男孩得意扬扬地回答。

“好！现在让我们再进一步。假设你的同学们准备去野餐，但是科比纳-钦齐辛学校的孩子们在公共道路上遇到了你们，拦住了你们的去路，你们这些勇敢的孩子会不会打出一条路来呢？”

“当然，爸爸！为了学校的荣誉，我们还能做什么呢？”

“好，现在到了实际应用的阶段了。从地理书上，你已经了解到地球表面上生活着不同的种族——白色人种、黄色人种、红色人种、棕色人种，以及像我们这样的黑色人种。他们各自占据着地球表面的一部分。正如你所知的那样，住在英吉利海峡附近小岛上的那些人叫英国人。同样的，世上有些人叫日本人。此外，还有印第安人和非洲人。如果根据他们的特点来分，非洲人又可分为祖鲁人、阿善提人及芳蒂人。假如我们给促使你反击奎库·门萨，或者促使你的同学们勇敢地突破科比纳-钦齐辛学校的孩子们的围攻的这个原则起一个名字的话，我们可以把它称为‘自卫原则’。如果你在人生中不好好利用这一原则，你就会失败。那些幸存者会被称为‘适者’，因为他们已经尽力进行了反抗。你还记得前几天你给我背诵的莎士比亚的台词吧：‘……留心避免和人家争吵，可是万一争端已起，就应该让对方知道你不是可以轻侮的。’我的孩子，这是一条有益的生活法则。”夸曼克拉继续说，“世界上有一些自称为基督徒的民族，他们宣称唯有自己才可以拥有文化、知识、文明。因此，他们认为自己天生有生存和蓬勃发展的权利，而其他所有的民族必将败落。他们大多数是白色人种。当棕色人种、黄色人种或黑色人种开始反抗，不愿屈服时，这些白人基督徒就会歇斯底里地大喊‘黄祸’或者‘黑祸’，这要视具体情况而定。我的孩子，现在你理解了吗?”夸曼克拉的手慢慢地放到了孩子的头上，眼睛直视着他的脸，这样，孩子的目光和他的目光就完全交会了。

“政治委员又是干什么的呢?”小男孩又疑惑地问。

“你这爱探索的小脑袋又开始思考了。我得像前几天你缠着我让我论证的那样，从前提到结论一步步地给你解释。你依然是对的，我的孩子。一旦明确定义，所有的困难就会如正午阳光下的大雾般消失殆尽。好吧，我们现有的黄金海岸人民的政府体制被称为‘英国直辖殖民地制度’。这是一种稍稍落后于时代的制度。想想看，如果在这开明的时代，你们的校长时不时地要求你们捐出零用钱来布置一个游乐场，但是至于该如何做事，该购买哪些游戏器具，你们中的一些人没有任何的发言权。你们会认为这个校长怎么样?我相信你们所有的人都会反抗，并会对校长说：‘如果你要用我们的钱，你至少得让我们说说我们喜欢哪些游戏吧。’在我刚刚和你说的这个政府体制中，校长就是殖民地总督，你们这些小孩子就是这里的人民。他们的捐款就体现在他们对所有进口物品必须支付极高的关税上，但是他们在对自己捐款的开支上没有任何发言权。这就是我刚才说这个体制有点落后于时代的原因。我们继续说，考虑到民众必有不满，政治委员就是被任命来处理因为这种不满而导致的各种案件的人。”

“他是如何处理的呢？我还是不太理解，爸爸。他是不是和善地去和民众说，告诉他们不要介意，如果他们有耐心，他们就会获得捐款产生的价值？”

夸曼克拉大笑起来，过了好几分钟，他才克制住了自己。小男孩开始感到局促不安，觉得自己肯定是说了一些非常奇怪的话。但夸曼克拉马上清醒了过来，他的脸上露出了悲伤的表情。他慢慢地自言自语：“他的心和那时一样纯净。”转瞬间，他的思绪回到了自己生命中那独特的重要时期。那时候，他和她注视着这个安睡中的婴儿，这孩子就是他们的骨中骨、肉中肉。在充实的心中，他们祈祷着：“当时间之手在他眉宇之间添上成年男子的气概时，他的行为仍会和现在一样温柔，他的心也还和现在一样纯净。”可是现在，只剩下他一人来帮助这个年轻的询问者实现那个祈祷了。夸曼克拉控制好自己的感情，暂时不再回忆那段纯洁的过去。他转向自己的儿子，把儿子拉到怀中，轻声说：“我的孩子，我多么希望可以不让你了解生活的阴暗面。但既然知识必有一天会到来，还是我亲自带领你去知识的源泉更好一点，因为若是这样的话，对你这干渴的灵魂来说，它也许不会显得那么苦。

“不，我的孩子，政治委员并不完全做我们认为他应该做的事。在我们黄金海岸这里，人民也已经表明他们不愿意屈服，但他们是以不同的方式来表明这点的。你知道狼和小羊的故事吧。我又看到你一副满心渴望的样子了。好吧，这个故事还是值得我们反复讲的。一天，口渴的狼在一条小溪边遇到了一只小羊。狼在小溪的上游喝水，而小羊在下游解渴。狼先生就对小羊说：‘你把我喝的水弄脏了！你安的什么心？’‘我怎么会把您喝的水弄脏呢？’小羊回答道，‘您站在上游，水是从您那儿流到我这儿来的，不是从我这儿流到您那儿去的。’‘我听说三个月前你在背地里说我的坏话。’狼怒气冲冲地打断它。小羊温顺地说：‘我生下来才只有两个月而已。’狼大声嚷道：‘好吧，如果说我坏话的不是你，那就一定是你爸爸说了我坏话，反正都一样。’”

“胆小鬼！”埃克拉·库沃激动地喊道，“我真希望当时我拿着气枪在它们旁边。这样，我就可以一枪打穿这个狼先生。”

“好样的，我的孩子，你说的很好。但不幸的是，这样的事每天都在这个世界上演。更糟的是，我们不能总是带着气枪，尽管从道义上来说，我们这样做完全是有道理的。

“你该上床睡觉了。下次，如果你表现好，我会告诉你有关政治委员的一切，以及我和他打过的所有交道。到时你记得提醒我，我们今天讲到哪里就可以了。”

“晚安，爸爸！”

“晚安，我的孩子!”不一会儿，孩子就消失在门帘外，留下夸曼克拉一人在那里边抽烟边思考。

/ 第十章

“黑　祸”

“在我们黄金海岸这里，人民也已经表明他们不愿意屈服，但他们是以不同的方式来表明这点的。”这个早熟的孩子拿出一张纸，整齐地写下了这些话，“我还想听听故事的剩余部分。爸爸，现在请您兑现诺言吧。”他把一张低矮的椅子拉到父亲的椅子旁。

“我看你已经忘记了那个例子，只记得这个句子了。既然很容易找到其他的例子，我就履行一下我的诺言吧。”夸曼克拉说，“这些例子散落在历史的记载中。在你的历史课上，你必定听说过‘东方问题’这个词吧?”

“是的，我听说过这个词，但我忘了它确切的所指。而且，爸爸，当您用您自己的方式来跟我说这些的时候，我会学得更好。”小男孩兴奋地说。

“现在，如果你冷静下来，并且记住这个故事是对我们刚才开始讨论的话题，也就是所谓‘黄祸’的一个例证，这个故事你就会觉得有意义了。”

小男孩点了点头表示赞同。夸曼克拉就开始讲述他的故事了：“故事的开始讲的是俄国人所做的事。多年前，他们被限制在小亚细亚的一个角落里，没有接触过北海、波罗的海，或者黑海。不久，他们的沙皇彼得大帝就有了把俄国向南扩张到克里米亚半岛，向北扩张到波罗的海的想法。他之后的俄国沙皇叶卡捷琳娜二世开始试图把彼得大帝的梦想付诸实践。从那以后，这就成了俄国熊的国家政策。”

“俄国熊是什么意思?”

“俄国熊就是俄国，就跟我们把英国称为约翰牛一样。”

“噢！爸爸，继续说。”

“十九世纪五十年代，在努力实施这一国家政策的过程中，俄国熊在沙皇尼古拉二世时期与克里米亚半岛上的土耳其人起了冲突。它找到了一个宣战的理由。我希望你特别注意这个理由，理由就是在苏丹统治下的土耳其人虐待了希腊教会的基督徒。在这里，你就看到了狼和小羊的故事，是吗?”男孩会意地点了点头。“好吧，”夸曼克拉继续说，“这是一个很长的故事。尽管历史没有明确地记载这点，但是在土耳其人的自卫过程中，当时的情况在俄国人的心中就形成了‘穆斯林祸’的观念，懂了吗?”

“我懂了，爸爸，”男孩热切地回应，“但是，很显然，英国人从未这样对待过比它弱小的民族。我可以理解成这卑鄙的熊会这样行事，但正直的约翰牛是不会这样的。”

“好吧，让我们来看看吧。对这点我不是很确定。你想想它与中国之间的鸦片战争吧。就是因为中国在自己境内限制了鸦片的销售，英国就去威胁中国，发起了鸦片战争。还有，发生在几年前的‘亚罗号’事件。‘亚罗号’原本就是中国船只，曾被海盗夺去，后来海盗为了掩盖其在中国海域内的海盗行径，故意给‘亚罗号’挂上了英国旗帜。英国挑起了和中国的战争，就因为叶钦差行使了登船搜捕的职权。我可以给你举很多这样的例子。但是，我亲爱的孩子，我可以向你保证，欧洲任何一个基督教国家都犯过孤行专断的错误。一旦它们受到这样或那样的抵抗时，它们就会辱骂‘黄祸’或者‘黑祸’。为了掠夺其他国家的财物，它们一手拿着上帝赋予它们的特权，一手拿着上帝的免罪权，喊着：‘他们为什么还活着？他们早就注定死亡了。’‘这是白人的国土！让黑人去死吧！’欧洲的各国似乎在呐喊，在它们的呐喊中，它们并不介意冒犯上帝或其他的人。”

“那它在我们国家是怎样运用的呢?”埃克拉·库沃问道。

“怎样运用？问得好！我非常喜欢你能这样紧跟学术书籍上所说的论点，也就是我们现在正在讨论的主题。好吧，我会用一句话告诉你。政治委员代表了那些惯于孤行专断的英国人，在任何一个可以得寸进尺的角落里固持己见地扩大自己的权力与权威。

当睿智的黑人请求拥有自己独特的风俗习惯和制度的时候，他们却被看成在抵抗英国人。一转眼，就出现了‘受过教育的本地人的祸害’的喊声。好像一旦‘本地人’受了教育就真的不再是‘本地人’了。那些人真正的喊声也许是‘黑祸’，但他们目前不会这样喊。你看，又是一个狼与小羊的故事。”

“但是爸爸，你为什么不揭露这些事呢？你可以写，你可以说，你为什么不让全世界都知道他们的真面目呢？”男孩有点激动地说。

“没那么快，我的孩子。”夸曼克拉摸了摸孩子的头，慢慢地、不慌不忙地说。当他要表达内心最深处的想法时，他总是习惯于摸摸孩子的头，说话不慌不忙。“我希望你明白，我亲爱的孩子，到目前为止，封住我的嘴的既不是有权势者的愤怒，也不是希望得到大人物的偏爱的想法。从你的婴儿期开始，我就教你把真理看成是最高的美德，也是品质的最高点。一个同意在他的鼎盛时期公布真理的人，只是一个谦卑的苏格拉底的追随者，或者如果你愿意，你也可以把他称为一个耶稣的追随者。我在尽力效仿耶稣，如果有需要，为了我们的国家、民族和人类，我已经准备好去受难了。”他把孩子拉得更近一些，用低低的声音补充说：“只是时机还未到。为你的父亲祈祷吧。当时机真的到了，你就会发现他的强壮和忠实。”

/ 第十一章

在“大西北”列车上

“我说，兄弟们，你们要哪个等级的座位?”“教授”大声地朝坦多尔·库玛和夸曼克拉喊。

“我既不要一等座也不要二等座。”坦多尔·库玛回答。黄金海岸国营铁路的火车自称只有两个等级，因此，夸曼克拉说：“听着！各位，我是一个爱好和平的人。如果你们要胡闹的话，我宁可乘坐二十四小时后的下一趟火车。”

这时，宣布火车即将离开的铃声响了。夸曼克拉马上冲过去买一张一等座的车票，任凭“教授”和坦多尔·库玛两人在那胡闹。等他买好票回来时，他们俩已经在一等座的车厢内占好了座位，开始享用他为这次旅程准备的美味食物了。

“敬你一杯，用船上的那些小伙子的话说，就是祝你一年再多五百英镑。”“教授”说着朝夸曼克拉举起了杯子。别无选择之下，夸曼克拉只好向同伴敬起了酒。

“车票！车票！”从复合车厢的二等座那边传来了检票员的喊声。当然，你应该知道什么叫“复合车厢”。如果你不知道，我就启发一下你。这是这条铁路线上特有的产品。在这列火车上，白人坐在列车的一端，他们的仆人和黑人精英坐在另一端，而普通的黑人像沙丁鱼一样满满地挤在一节被标为“二等座”的独立车厢内。这倒不是因为有任何条例禁止黑人乘坐一等座车厢，而是因为黑人们更明事理，他们自尊心太强，不愿意去坐一等座，除非他们有机会完全占有这个车厢，但这种场合非常罕见。

“车票！车票！”的声音更近了。此时，“教授”正在讲述他在密西西比的经历，讲述他是如何与野牛们擦肩而过，以及他是如何死里逃生的。获得了一个不值钱的学历后，性情不定的“教授”一直在到处旅行，靠做零工来养活自己。他总是乐此不疲地提到他认识的日本人。检票员偷偷地打量了这三位黑人绅士几次后，似乎已经决定暂时不去打扰他们了，而这三人也没有因为售票员这时的出现而打扰他。

检票员正准备退回到二等车厢的时候，夸曼克拉在他身后喊道：“我说，检票员，你不喝一杯吗？”说着递给他一些威士忌加苏打。“你知道的，其他人都是这样做的。”他边说边会意地眨了一下眼睛。

检票员也很通人情。犹豫了一下后，他下了决心，喝了酒，走了。不久，他又返回来，开始和他们攀谈起来。

“先生，我不知道你们中是否有人是律师。”

坦多尔·库玛轻声地笑了。“还有呢?”“教授”严肃地问道。夸曼克拉默不作声，似乎没有听到。

“我不知道，先生，但是我想说我要给你们看看火车上的规定，那就是检票员必须检查每一位先生的车票。”

夸曼克拉开始在口袋中摸索。“我的好人，”“教授”对检票员说，“在这条铁路线上我已经习惯在安全到达目的地之前决不放弃自己的车票。你懂吗?”他特别强调了“这条”这个词。

他对“这条”铁路线的强调似乎打破了检票员的镇静。检票员偷偷地走开了，也许是去反思“这条”铁路线的优势。但肯定的是，不一会儿，就听到他在二等车厢对一个毫无恶意的芳蒂人发火。

这时，火车已经过了曼苏。离开这个车站不久，火车就遇到了一点麻烦——其中的一节货车车厢出轨了。直到半小时后才恢复了正常。火车在从曼苏到阿希米的半路上，又装了一些木材。当这列蒸汽火车在暮色中继续缓缓前行时，算上装满各种货物的车厢，它已经达到整整一弗隆[①]那么长了。不久，他们就处在一片漆黑的夜色中了。

---

① 弗隆（Furlong）：长度单位，相当于201米。

“点灯！检票员！点灯！”夸曼克拉喊着。在那节独立的车厢内传来了妇女和儿童的尖叫声。

“我说，检票员，点灯！你听到了吗？点灯！”“教授”一边咒骂，一边喊。他的咒骂起了作用，检票员在一片混乱中朝复合车厢走了过来。

“你最好把乘务员找来处理一下这乱七八糟的局面。否则我就投诉你们全体工作人员，不管你是白人还是黑人。这种事真的很不光彩。”坦多尔·库玛说。

在这吵闹期间，因为听到独立车厢传来的妇女和儿童的尖叫声，乘务员已经赶了过来。这会儿，他已经走进了复合车厢。

“你到底在做什么？还不给车厢点灯？”他怒气冲冲地责问检票员。

“我没有火柴，先生！铁路局没给我买火柴，先生！”

乘务员似乎想把检票员击倒在地，但他重新考虑后，改变了想法。他一把拿过借来的火柴盒，尝试点亮油灯。噗！灯灭了。

“再试一次，先生！”夸曼克拉冷冷地说，“油中可能有水。”噗！灯又灭了。

“再试一次！再试一次！”周围的乘客都喊了起来。“要我出去给你买些石蜡吗，乘务员先生？你知道这真的很可耻。三十九英里的路程要十三先令，油灯居然还没油！”坦多尔·库玛讽刺地说。

“再试一次！再试一次！打倒他！教训他一顿！”一些人粗暴地喊着。看着人们越来越激动，乘务员落荒而逃。

“他们居然把这叫国营铁路！这是我乘坐过的最肮脏的火车。南非、东非、北非，它们都是国家。而这个国家是英国政府的耻辱！”角落里的一位法国人嚷着。

噗！噗！噗！哔吁！噗！噗！噗！哔吁！传来了这列火车令人心碎的鼻息声。这不由得让人想起深夜牛津街上过劳工作的拉马车的马的喘息声。这匹“铁马”后退了几步，接着重新往前，然后一路向上，爬上斜坡，又爬下斜坡，就这样一路前行。当坦多尔·库玛想起在大桥那边一间舒适的房子里等他吃饭的妻儿，他内心深处情不自禁地诅咒起魔鬼和这些倒霉的事。下午两点半出发，直到晚上九点半，火车才到了终点站。整整七个小时，火车才爬行了三十九英里。夸曼克拉等三个人走在冷冷清清的街道上，日落后街上就很少能看到黑人了。离别前，“教授”提醒夸曼克拉：“原则上，在乘坐这列火车时，我从不在到达终点站前购买车票。如果你是聪明人，你就照我说的去做吧。”

/ 第十二章

上流社会的顶尖人物

汤姆·帕尔默是乔纳森·帕尔默之子，住在阿克拉市厄谢尔镇霍尔斯路上，他是一位有着许多优秀品质的青年才俊。帕尔默家族最初来自塞拉利昂，十九世纪五十年代就在黄金海岸定居了下来。凭着极大的热情和罕见的商业眼光，帕尔默家族的第一代慢慢地过上了舒适的生活。第二代的商业能力同样不输第一代，因此给家族积累了更多的财富。等到乔纳森·帕尔默这一代时，在阿克拉的圈子中，他已经是一个拥有财富、地位和影响力的人了。

乔纳森·帕尔默只要能赚钱就已经心满意足了，但他的儿子——同时也是家族继承人——汤姆·帕尔默把学习知识和其他才能完美地结合了起来。他甚至取得了弗里敦学院的神学硕士学位，尽管他从未打算去当牧师。他喜欢辩论。因为神学硕士课程结合了一定的历史资料，他就选了这门课程，以便自己能在辩论中像拳击手那样狠狠地反驳他人的观点。至于职业，他选择了农业。他非常熟悉土地、施肥、季节等的奥秘。他从事农业的原因和其他人行医的原因不一样。不！他只是一个农业爱好者，仅此而已！对他而言，能对他人说“我是个农业科学家，我可以给你指点一二”已经足够了。此外，在阿克拉，每个体面的公民都有一份职业，做一个游手好闲的人似乎并不合适。

汤姆·帕尔默是一个志向远大的年轻人。他生活的目标就是成为阿克拉上流社会的顶尖人物。天意让他的祖父和父亲积累了大量的财产。按照法律，父亲去世后，家族的财产就是他的了。他将成为黑人贵族中的顶尖人物。还有什么能阻止这一点呢？因此，他充满干劲地为这个目标努力起来。他外衣的剪裁样式总是最新潮的。在安息日那天，他总是有意地戴着一顶丝绸帽子，穿着一双黑皮鞋出现在教堂。他从未忘记在纽孔插上花，戴上时尚的手套。尽管在热带地区戴手套不合时宜，他也从未为此感到一丝不自在。出于同样的原因，他外衣的袖子总是卷起一小截，以便露出里面的亚麻衣服。裤子的末端也同样卷起，这样你就可以看清他靴子上的白色纽扣。其他同龄的年轻人羡慕地在一旁看着。他们看着、渴望着，努力在外表上和他一样。很多人也做到了这点，尽管他们实际上并没有汤姆·帕尔默依靠他早期的人际交往或者金钱而养成的教养。

弗里敦是一个开明的非洲城市。尽管有些人在内心深处不畏惧上帝，认为应该在作品中诋毁他，但读者从作品中或许还是会看出这是一个无须为任何事感到羞愧的地区。这个城市已经出了许多杰出人物，这些人或以自己渊博的学识，或以成功的事业而备受推崇。他们如此成功，以至于已经去世的女王曾经考虑过给她这些受人尊敬的臣民中的一人授予骑士称号。此外，这个城市有一个西非附属国中非常难得的大教堂。它的唱诗班的歌声也是西海岸最动听的，所以所有的黑人牧师如斯佩恩教士、威尔逊教士、穆尔教士等都愿意接受任何一个英国殖民地的主教教区。因此，汤姆·帕尔默真正地为自己的母校及弗里敦城感到自豪，这也就不足为奇了。他的母校是附属于英国杜伦大学的福拉湾学院，而弗里敦城则被誉为西非的麦加城。的确，如果说他的祖父有什么值得他心怀崇敬地纪念的地方的话，那就是祖父完全无私地把从自己父亲那里继承来的财产传给了自己的儿子乔纳森。而乔纳森也遵从父命，把家族财产代代相传，传给了自己的儿子，也就是他，汤姆·帕尔默。但是，尽管如此，他还是不能原谅自己的曾祖在那个时代离开弗里敦这个繁荣发展的城市。

我们可以看到我们描述的对象举止比较轻浮，但是值得赞扬的是，他每走出人生中重要的一步时，通常都很慎重。在西非社交生活中出现的众多难题里，他对婚姻问题进行了最仔细的研究。告诉你们，汤姆·帕尔默生活的目标就是成为上流社会的顶尖人物，用芳蒂人的话来说，就是要在阿克拉的社交生活中成为万库拉·万库[1]。但是不知怎的，他无法定下心来结婚。他已经和朋友们就这事讨论过好多次了，但仍旧没能得出满意的结论。正是因为他对此事津津乐道，一天，与正在阿克拉参加农业展览会的夸曼克拉的一番交谈中，他特地提起了这个自己最喜欢的婚姻话题。我们也不能责怪他。对婚姻充满期待的任何一位年轻人都会这样做。只消人家略加怂恿，他便会和遇见的任何人提起这个话题，直到最后自己出了洋相。

耶稣这位思想大家见到了一个满嘴都在抱怨旧世界的女人。他暗示她在这个世上终究有一件是必需的。我们都知道这个故事，但是也许有些人还没注意到这个故事中蕴含的人性的一面。发牢骚的人见这位思想大家对她妹妹产生了更多的兴趣，显然非常嫉妒。女人的直觉告诉她，自己的妹妹马上就会找到“必不可少的那一件”。她的自恋在她下的命令中得以体现：“吩咐她，让她来帮我。”其实她还不如让女佣来帮助自己。但是，说实话，如果她知道方法，她宁愿自己拜倒在这个大人物的脚下[2]。夸曼克拉的脑

---

①万库拉·万库（Wonkro Wonkor）：芳蒂习语，字面意思为“没有……就不能……”，意为“顶尖的人物、不可或缺的人物”。

②这个故事指的是《路加福音》中的马大和马利亚的故事：耶稣进入一个村庄，一个名叫马大的女人接他到自己家里。她的妹妹马利亚就在耶稣脚边坐着听他的道。马大伺候的事多，心里忙乱，就进来说：“主啊，我的妹妹留下我一个人来伺候您，您不在意吗？请吩咐她让她来帮我。”耶稣回答：“马大，你为许多事思虑烦扰，但是不可少的只有一件，马利亚已经选择那上好的福分，是不能夺去的。”

海里闪过了上述想法。他慢慢地，与其说是对同伴还不如说是对自己重复耶稣的话："但是必不可少的只有一件。"他突然转向年轻男子，说："你正在犯我们大多数人都会犯的错误。我们似乎都认为，只有她穿着产自法国巴黎的裙子和英国伦敦摄政街上买来的高跟鞋接受求婚时，爱情才来到了。我的朋友，你要知道，精神上的共鸣如风一般，不知道会从哪里出现。真高兴有那些眼光敏锐的人，无论天后以怎样的伪装来接近等候她的那些人，他们总是能认出她来。"

年轻人疑惑不解，问出了心里的问题："这与我刚才听你提到的'必不可少的那一件'有什么关系呀?"

"有什么关系？我认为与它有很大的关系，"夸曼克拉严肃地说，"我敢说你肯定读过这个故事。耶稣在这个特殊的家里找到了一个避难所，一个宁静的地方。她，一个求知若渴的人，喜欢坐在他脚下，倾听他口中说的每一个词。他与她之间产生了共鸣。你可以按照自己的方式来解释耶稣的感情，但是我们没必要掩盖马利亚已经找到了生命的秘密这个事实。"

"但另一方面，请允许我这样说，所有这些与我们刚才讨论的都不相关。耶稣和马利亚之间的共鸣只是一部分，如果我可以这样说的话，他们的共鸣只是一种精神上的关系。你怎么可以在提到这件事的同时讲世俗的事——那些男人讲的粗俗不堪的事呢?"汤姆·帕尔默说着，对他同伴感兴趣的话题变得有兴致起来了。

夸曼克拉看了年轻人几眼，然后，声音略微有点儿颤抖地说："如果耶稣不是真的世俗，那他就不会对你我有兴趣了。而且，如果你听说过众神的恩赐，你就不会像刚才那样说起爱情了。曾经有段时间，我也和你现在的想法一样。但经历了一些事后，我变得更成熟了，我了解了爱情中没有粗俗的东西。爱情这种感觉，无论它伪装成什么样子，你都会发现它归根结底是完全一样的。记住，哪里有爱，哪里就有上帝。伟大的爱，伟大的灵魂！如同溪流汇入河流，河流汇入大海，海却不满溢一样。尘世间的爱，从鸽子叽叽咕咕的叫声到罗密欧强烈的感情，都能从爱神那里找到和谐音。"

"我得承认，"年轻人说，"这样看待事情的方式对我来说是全新的。我可不可以这样来理解：你会为突然出现在这里、那里及其他地方的那种共鸣找借口吧？"

"我和你说一个更奇怪的论点吧，"夸曼克拉平静地说，"请记住，我年轻的朋友，首先，爱情是一种精神上的磁力。而且，就像我们刚才谈论的那样，爱情就像风一样任意刮着。同样请记住，吸引力和排斥力总是在你最意料不到的时候出现。常常是一人从北极出发，而另一人从南极出发，在磁力的驱使下，他们不断前行，直至最后相遇。从这个意义上说，我们都是机缘的孩子。现在，想象一下。有一个非常有磁力的男人，无论他去哪里，他总是能获得他人的认同和爱。他到处吸引和调动起的那股相应的力量就变成了被创造出的实体，这些实体恳求他给予它们生命，要求得到生命权。告诉我，上帝之下的这个生命的赐予者，或者说这股力量的创造者，他负有什么责任呢？他必须要充分激发他人对自己的认同，还是必须在唤起人类的希望之后又无情地把它摧毁呢?”

“抱歉，我又没听懂。如果你能形象地说明就好了。”

“我说的不是一些晦涩难懂的话，”夸曼克拉继续说，“记住我现在说的是真爱。我指的并不仅仅是一种毫无意义的疯狂的感情。那种疯狂的感情只是利己主义的结果，是在拥有多个妻子之后就会满足的感情。从那个角度来说，我说的是精神上的而不是物质上的东西。因此，我说，对于任何一个有能力来引起人类的共鸣的人来说，一旦他在人类中点燃了火焰，他就没有权利来无情地浇灭。要是你愿意听的话，我给你讲个故事。”

“好啊，你快讲吧。”年轻人说。

“好，故事是这样的。从前有一个年轻人，正处于年轻力壮、不谙世事、快快乐乐的年龄。有一次，他偶然路过一个偏僻的乡村，勾起了一个在地位上远远低于自己的年轻女子的爱意。他也不知道自己所作所为的全部意义。岁月悄然流逝，女孩的爱人却一去不返。在此期间，年轻人已经功成名就了。他不仅拥有荣华富贵，而且身边也有了他自认为的爱人。但是，他朦胧的记忆时常使他回想起那个女孩。每当这时，他总会告诉自己：这已经是过去的事了，就让死亡的过去永远埋葬吧！但是一天天，这种无法抗拒的冲动终于战胜了他。最初的时候，他只是好奇她怎么样了，但是慢慢地，这种想法越来越强烈。所以他就派遣仆人到处去打探。如果运气好，也许会传来这个令他的灵魂为之悸动的女孩的消息，但是并没有任何消息传来。最后他放弃了希望。尽管身处优越的环境，他似乎并不快乐，甚至似乎对妻子、孩子和家庭都不感兴趣了。一天，当他独自散步回家时，在城门外，他看到了自己少不更事时不愿回头看的那个女人正朝着自己走来。他们的目光交会在了一起。他们都已经老了，他们也都经历了磨难。她率直地伸出了双手，他们的手紧紧地握住了彼此。'我们终于见面了！'她激动地说，'我的心一直都告诉我，我们迟早会再见的。''没有你，我的心一直很孤独，'他说，'而且，见识越广，我就越明白，在爱情的国度，没有什么是会失去的。'"

故事讲完了，夸曼克拉停了一下，然后补充说："也许现在你能更真实地理解不能从她这里拿走的唯一需要的东西了。"

"现在暂时把人生哲学放一边，我敢说你一定曾经和女孩调过情。"夸曼克拉开玩笑地说。接着，他调皮地眨了眨眼："在世上某个偏远的角落里，你也许有一个孩子，一个可怜的私生子。你不必因此而羞愧，我们所有人都是这样的，虽然不是所有的人都有足够的男子汉气概来承认这点。现在，请相信我，我的朋友，对于有意成为你孩子母亲的女人，她的任何一个孩子都值得你去爱，而遗弃这女人就不配叫作男人。这样，我们这些异教徒比所谓的基督徒们更像基督。‘你们中间谁是没有罪的，谁就可以先拿石头打他。于是他又弯下腰来，用指头在地上写字。’”他引用了稍稍不太相关的话，接着他又说：“在非洲，这样的女人是被保护的，她就是妻子。如果你喜欢，可以把这叫作一夫多妻制。在所谓的基督教国家，她就是为人所不齿的。人们会把她看成一名妓女，一个被抛弃的人。”

在适当的时候，汤姆·帕尔默结婚了。他的妻子们中没有一个人试图成为上流社会的顶尖人物，而他对她们也十分满意。现在他已经继承了家族的财产，他似乎也不太可能实现自己早期的抱负了。他的孩子们也及时地降临了。无论他们出现在哪里，他们那小小的、黑黑的脸总是高高兴兴的，他们是光芒四射的爱情的结晶。随着时光的流逝，他的儿女们必将长大，成为对社会有用的人。用汤姆·帕尔默直截了当的话来说，他已经决定不再要毫无意义的法国巴黎的裙子和英国伦敦摄政街上的高跟鞋了，他自己永远也不会屈尊来就此事做出解释。

/ 第十三章

自食其果

坦多尔·库玛患了疟疾卧病在床。那艘本来应该带他回到家人怀抱的快船来了又开走了。他在梦里一直说着胡话，不停地询问船什么时候会来。

他最牵挂的似乎就是这些轮船的去向了，这并非没有理由。他的第一个孩子的母亲正是这儿的护士，就在他住的医院里工作。她给他生下了他的第一个孩子，一个被世人嘲笑并被刻意忽略，但却违背天意出乎意料地茁壮成长的孩子。

他曾经希望没过几天就回到使自己病倒的工作中去。他希望自己可以忙着各种各样的工作事务，这样他就可以避免与孩子的母亲偶然相遇。但是，现在至少需要两个礼拜他才能恢复健康。在这期间会发生什么事呢?

令人不快的事实是，当初在听到她怀了自己的孩子后，他只觉得羞耻。他是个懦夫。他没有鼓起勇气和她一起承担一切，相反，他辩解说自己不是这孩子的父亲，让她独自一人来承受所有的羞耻。但是，曾经不公对待她的上帝，用神学专家的话说，并没有让她遭受痛苦或让痛苦完全压垮她。而在此期间，坦多尔·库玛在生活上取得了巨大的成功，在事业上步步高升，在家庭方面婚姻幸福，他成了上流社会一名很受人尊重的成员。公平地说，他对自己的妻子绝对忠诚。他爱他的妻子，也从没想过会对她不忠。事实上，他早期的风流成性与现在对家庭的忠诚形成了鲜明的对比，而这种截然不同也是那些在他年轻时就认识他的人经常提到的话题。

时隔多年，现在他得来面对自己年轻时偷尝的那一个禁果了。没错，那时的他年轻而有激情。他那时确实堕落了。现在他又开始感受到了她的魅力，那种占据了他的心并使他成为傻瓜的魅力。现在他有没有可能抵制住这种诱惑呢？“上帝啊！”他热切真诚地喊道，“请把我从这救出去吧！”但就在他呐喊的同时，内心深处却响起了另外一个声音：“这有什么意义呢？你这样困在这里，不正是因为自己的过错吗？”

西非疗养所的内部事务几乎不成体制，疗养所的主人能就近差遣可以使用的人员。疗养所就是一种医院性质的场所。因此，当埃库巴争取来到自己真心实意爱着的他的身边工作时，还有什么比这更自然的呢？他的发热现象稍稍有点缓解后，她就会时不时地带着一些精心准备的点心偷偷地溜进来，哄他吃完。她经常会留下来和他说说话，把他的枕头弄平整。每到这种时候，坦多尔·库玛总会显得局促不安，仿佛在同内心的情感斗争。

精心的护理使坦多尔·库玛恢复了健康。但是，正如在西非有时会发生的那样，那艘本应把这位康复的病人送回家去的船并没有按照时间表准时地出现。时间痛苦地在他手中流淌着。他对埃库巴越来越同情，这种强烈的同情心深深地抓住了他，让他感觉晕眩。

一天晚上，埃库巴过来收拾晚饭的餐具时，坦多尔·库玛正坐在房间的角落里看书，屋内其他的病人都去参加芳蒂音乐会了。她大胆地拉过一张椅子，在他旁边坐下。

“你的船像这样延误下去是件多么快乐的事啊！如果再过一两个礼拜它还不来，我不知道会发生什么事。”坦多尔·库玛不以为然地伸出了一根手指头示意她安静。

“我知道，”埃库巴继续说，一点也不在意他的警告，“你极其渴望回到你亲爱的家人的怀抱中。你就是这样称呼他们的，是不是？但是一定会发生的事就必定会发生。”

“你说这话是什么意思，埃库巴？今天晚上你说话怪怪的。”

“我的意思就是这些年来我一直很想你。现在既然上帝又一次把你送到了我身边，你一定不会吝啬到不让我进入你的圈子中吧？我相信你总有一天会出现，所以我就到这里和你的医生亲戚一起工作了。”

“你别这样说，埃库巴。你知道我必须很谨慎。我已经结婚了，我必须得考虑我的妻儿。”

“说到这事，”她说，“我才是你的第一任妻子，第二个才是插足者。”这么说着，她突然狂笑起来。局面一下子就变得微妙而又滑稽可笑，坦多尔·库玛也忍不住笑了起来。这个女人是第一个引起他共鸣的人，现在正以无比的天真来与他对质。他应该拒绝她吗？他很快决定，最明智的做法就是迁就她，和她半开玩笑半认真地谈个明白。

“你知道吗？”埃库巴看坦多尔·库玛停顿了片刻，就挑衅地说，“上次你在这里，又不得不很突然地离开。等我发现你已经离开时，我真的很难过。”

“是吗？我一点也不惊讶。你看，我们都在生活中犯过错误，我们都应该振作精神，一直往前走。如果不这样，最后一个阶段会比第一个阶段更糟糕。你也不希望看到我走下坡路，是不是？”

“这要取决于你说的走下坡路是什么意思。我已经等了这么多年了，这么多年了。”她慢慢地重复着最后几个字，话中透露出的疲倦之意让坦多尔·库玛很难堪。

“如果你还这样说的话，我这次离开后就再也不到这个地方来了。”

“没关系的，我还是会等你的。也许某天，突然有什么工作上的事或家里的事会把你带来。”

正当坦多尔·库玛脑子里反复思考着该如何回应埃库巴的时候，她继续说：“你知道我去教堂做礼拜吧？在昨天布道时，牧师给我们讲了一个故事。故事说的是：从前，有一个国王，他常常无缘无故地杀害他的臣民。一天，他派人去请一个教区牧师。牧师很害怕，他不知道在自己身上将会发生什么事。他找了很多借口，但最后还是不得不出发去见国王。在去的路上，他很不幸地跌断了腿。过了好几天他才恢复过来。当他到达国王的宫殿时，国王已经死了，牧师因此而逃过一劫。”她突然停住了，眼睛注视着这个她狂热地爱恋着的男人。

“然后呢？”坦多尔·库玛问道。

“然后，就是这样。要发生的事总是要发生的，不能发生的事就不会发生。这就是神的规则。”她得意地扬了扬下巴，继续说，“你知道凶手没有得救，而小偷却得救了，这不是一个严重的错误吗？”

“但是如果小偷继续偷窃，那会怎样？”坦多尔·库玛反驳说，“这就像和光明作对。”

“光明，然后黑暗。”埃库巴插了一句，她的眼睛里流露出恍惚的神情。

“没错，但是当光明来临时，黑暗就消失了。”坦多尔·库玛说。

一切都很微妙，在言谈和玩笑中，两人间的感情得到了回应。埃库巴陷入了沉默。很显然，男人和女人都在和他们内心的感情苦苦斗争着。

“告诉我，我结婚前在这里的那次，你为什么从我身边逃走了？”坦多尔·库玛一不小心脱口而出。

“你们男人到底有多单纯？我从你身边逃走了？不是这样的。我只是为了避免以任何方式对你造成伤害而已。”

坦多尔·库玛显然需要一些时间来思考这点。但是埃库巴突然很快地收拾起餐桌上的东西。不一会儿，她就离开了。

第二天早上，坦多尔·库玛的房门前响起了轻轻的敲门声。在他说了“请进”后，埃库巴大胆地走了进来。坦多尔·库玛已经穿好衣服，躺在敞开的窗户边的一张低椅上。埃库巴放下干净的床单后，就一下子扑倒在他的脚边。坦多尔·库玛站了起来，面对着她。

“你这是在做什么？”坦多尔·库玛低声地问，觉得这情形非常尴尬。埃库巴站了起来，特意锁上了门，把他们和外面的世界完全隔离开了。然后她面对着这个男人，说：“坦多尔·库玛，这么多年来，我的心一直渴望得到你的同情。现在既然神把你带回到我身边，你一定不会拒绝给我一个善意的回答吧。告诉我，你有点喜欢我。这就是我想要的。”

坦多尔·库玛动了一下，似乎想去开门。就在那一瞬间，他看到了埃库巴脸上可怜的、哀求的、热情的神情，他一下子就不知所措了。在她的注视下，他畏缩了。他犹豫了一下，然后动摇了。下一刻，他就完全控制不住自己的感情了。错误的爱情取得了胜利，仅此而已。

/ 第十四章

黑人的重负

大街尽头的一间竹子小屋就是卫理公会教派的教堂。大街的另一端是一间泥房，有着波纹铁皮屋顶，这是一所为恶魔服务的房子[①]。在教堂与泥房之间每隔不远就有一间酒店或小屋。这就是在黄金海岸铁路沿线的繁荣矿区中常见的非洲社区的场景。现代文明是一种可怕的瘟疫，一种真正的毒害，缓慢却实实在在地吞噬着黑人生活中的重要部分。

现在是基督徒的安息日早礼拜的时候。叮——当！叮——当！督促社区内虔诚的黑人去做礼拜的铃响了。人们对这督促声并非无动于衷，这可以从一批又一批的男人、女人和孩子走上这个小山坡看出。教堂就矗立在小山坡的顶上。做礼拜的人群中，

① 恶魔（Belial）是犹太-基督神话体系中的人物，后被引申为“邪恶”的意思，这里的“恶魔的房子”和后文的“恶魔之家”指的都是妓院。

女人的数量大大超过了男人。教堂里挤满了人。教堂的一个角落里独自坐着一个英国人。他是个有独立见解的人，敢于在这神圣的日子和黑人们一起来做礼拜，因而成了整个营地的笑柄。这是一个各种各样的人混杂的聚会，人们的服饰各不相同，有的穿着摄政街上最新的燕尾服，有的只是优雅地裹着四英寻曼彻斯特印花布。十点半，一位黑人牧师登上了布道坛，和着一个便携式美国风琴的不和谐的旋律，读了《圣经》中的《诗篇》、祷文和赞美诗，仪式一直持续到了十一点半，难怪教堂内一半的会众都听得睡着了。牧师助理员们草草地结束了他们上午的工作。其中的一位助理员，因为温度不断上升而变得有点咄咄逼人。因而，坐他身边的一名基督教绅士脸上明显出现了有悖基督教教义的怒意。

在此期间，牧师正在用大部分会众都听不懂的语言布道。等他终于屈尊改成用本地话布道时，连像约伯[①]这样最能忍耐的会众也没在听了，而是想着这个复杂的礼拜仪式什么时候能结束。同时，他们也想着这个时候恶魔之家的仪式怎么样了。

“美丽的波莉，美丽的波莉！你好！很好，谢谢！美丽的波莉！啧！啧！”挂在恶魔之家的六只热带鸟发出的这些不同的声音吸引了过路人的注意。没错，这里的“礼拜者”非常稀少，他们大部分——事实上是他们所有人都来自一个民族。但是他们的

① 约伯（Job）：《圣经·旧约》中的人物，为人正直，敬爱主，热衷于慈善事业。

“礼拜”都是真实、真诚、认真的。除了对上帝的敬拜外，黑人还学会了对其他事物的“礼拜”。这两种礼拜都是白人所谓的“文明”教会的。

但是还有一个更热闹非凡的场景有待描述。杜松子酒店里涌来了成群结队的人。他们好似中了邪一样，又唱又跳、手舞足蹈。这骚动简直比得上地狱的混乱和喧闹。这也是白人的工作成果。

因此，沿着这条线路生活的黑人们就得忍受三重的负担：杜松子酒的诱惑、妓院的诱惑，以及引诱者的虚伪。天哪，他们是受到了什么样的诅咒呀？

“晚上好，先生！”一名白人矿工向夸曼克拉问好，“你能告诉我那名弹吉他的西印度绅士住在哪儿吗？”

“当然可以，如果您走到这里来的话，我就可以指给您看。”夸曼克拉说着，从他简单的晚餐边站了起来，“你知道市场的位置吧？如果你从这儿径直走下去，然后在第一个拐弯处左转，我相信你就可以在第二间房子内看到他。”

夸曼克拉坐下来继续吃饭，非常高兴终于没人打扰他的思考了。

十分钟后，矿工回来了。他问：“我可以进来吗？”

“进来吧。”夸曼克拉回答。

“我没有找到他。他们说他已经到海岸角去了。你叫什么名字？”矿工问，“你的英语说得很好，你是律师吗？”他的声音有点沙哑。夸曼克拉没有回答，只是露出一个奇怪的表情，好像在说：

“如果我是律师又怎样?”与此同时，他示意矿工坐下来。

“我以前在哪里见到过你。你的脸看起来很熟悉。我肯定在火车上见过你。”矿工继续说。

“是的，我经常到这儿来。”

“今天晚上我是特地来找街对面的摄影师一起玩的。我很擅长纯粹的美国风格的歌曲。如果你不介意，我们可以一起共度一段美好的时光。”

“不了，谢谢！晚上我还要写点东西，睡觉前我得一直工作。”夸曼克拉扭头对走廊上的仆人说，“科菲，请带这位绅士到街对面的摄影师家里。”

“噢，我能喝杯水吗?”

“我这儿有丹麦都博格啤酒，非常棒的啤酒。也许你会觉得这比水好多了。科菲，去拿一些啤酒来。”矿工舒舒服服地坐到了角落的那条帆布椅上。

“老板，”矿工继续说，“我知道有一件你可以做的事。在我们那里的营地上，有一个工作了一年零十四天的工人。就因为他今天小小地娱乐了一下，就被解雇了。他还得自己付钱回家。你觉得这样公平吗?如果你愿意处理这件事，我让他明天早上过来。你能告诉我你的名字吗?”夸曼克拉还是没有回答，同样只是给了他一个古怪的表情和一个鼓励他继续说下去的笑容。

此时，矿工已经喝完第二杯都博格啤酒了。现在他更加信任夸曼克拉了。“你知道吗？他们想让我上这里来做铁路工人的工作，但是老B坚持只付我十五先令一天。我不是傻瓜，我也有脑子的，”他边说边指了指自己的头，“而且，他们认为我和黑人走得太近了。他们很不喜欢看到我和黑人一起坐下来喝酒。但我一点也不介意。这整个地区的每一个地方我都已经去过了，这里的芳蒂人总是像绅士一样对待我，我也随时准备去帮助他们。老B曾经想像捉弄我的朋友一样来捉弄我。前几天他对我说：‘你喝醉了，如果下次还这样，你就收拾东西滚吧。’告诉你，我那时并没有喝醉。今天我喝醉了，我就走过去和他说：‘老B，现在我喝醉了，而且醉得很厉害。如果你是男人，你就穿着衬衣出来，让我们在外面解决。’”他低声地笑着说，“他呀，温顺得就像一只羔羊。”夸曼克拉也随之开怀大笑起来。

“科菲，带这位绅士到摄影师家里。先生，请小心，路上有水沟。”夸曼克拉说。

“晚安，先生！”矿工回答道。过了十分钟，他又回来了。夸曼克拉正忙着写些什么，他不敢中断自己的思绪。

“他们告诉我摄影师出去了。”矿工解释说。

“很好，先生……晚安！”夸曼克拉几乎头也没抬。

“最后帮我一个忙吧，请你给我指一下我在哪里可以找到一个床铺过夜，好吗？有人告诉我这附近就有个旅馆。”

“我很肯定我不知道这儿有旅馆，我建议你还是回到营地去吧。”夸曼克拉锐利的目光盯着矿工。矿工就说：“我想知道你是否是个诚实可信的人。”说完，他就消失在门外的夜幕中，但不知道今晚同样的情形是否会在其他地方再次上演。

第二天夸曼克拉已经决定去海岸角了，他和“教授”一起搭乘下午的火车。二等车厢已经全满，所以他们就移步到了一等车厢。尽管有很多人愤愤不平地盯着他们，但是没人敢来质问他们。政治委员肯尼迪·比尔科克斯也乘同一趟火车去海岸角。他有意去做一个谦和宽厚的人，所以毫无必要地戴上了一副中间可以分开的眼镜。他看起来似乎很愿意去相信他人。尽管他极其不喜欢有色人种，但出于政治本能，他知道表面上一定得和黑人领导者相处融洽。他也自认为已经以这种方式获得了黑人领袖们的信任。事实上，他已经引起了他们的怀疑，因而他们并不信任他。

在如此吉祥的一天，政治委员一心想着他在内陆做过的大事：他是如何彻底打败坦多索酋长，让他在自己面前变得谦逊无比的；酋长又是如何害怕地蜷缩在他面前的。可怜的人！现在他转向夸曼克拉，说：“我说，你知道那个叫科比纳·布阿的流氓吧？听说他是你的客户。你最好告诉他以后老实点，否则他就会被遣送到圣亚戈去。”

“他犯了什么事?”夸曼克拉问。

“他犯了什么事？这个傻瓜永远都是那么醉醺醺的，完全丧失了一个正常人的理智，在坦多索总是唠唠叨叨的。”

“哦？只是这样吗？”夸曼克拉淡淡地问。

“夸曼克拉先生，你真让我吃惊。像你这样有地位又受过教育的人看到科比纳·布阿的可耻行为居然不觉得应该加以谴责！”

“就个人而言，我不会谴责任何人。但既然您提到了谴责，那就允许我给您指出：更应该受到谴责的就是您所代表的及您所服务的政府部门。您谴责科比纳·布阿，是因为您是一名政府官员。作为一名公正处事的人，我请您看看事情的另一面吧。您知道，市场上的杜松子酒含有杂醇油和其他致命的有害成分。您也知道这是政府允许进口的东西，而这些东西最终进入了科比纳·布阿之类的‘流氓’的喉咙中。可是你们不敢禁止进口这样恶劣的东西。为什么？因为它会影响到你们的工资、养老金、职务津贴和其他的额外津贴。理性地说，您怎么能指望沉溺于杜松子酒的普通黑人会保持清醒的头脑且行事得体呢？所以当一名政府官员去拜访在各方面全无恶意的非洲政要时，他会受到后者特别友善的接待。可政府官员失去了自控，拐弯抹角地迁怒于后者，并写了一些该死的报告汇报到了总部。看到这一幕的人，如果他是个追求真理的人，就必定很想轻轻地拍打这个官员的后背，说：‘你这伪善的人，先把你眼中的大梁移去，你才能看清楚，去把弟兄眼中的木屑挑出来。’[①]”肯尼迪·比尔科克斯听得目瞪口呆，但夸

① 出自《马太福音》。

曼克拉没有理会他，继续说：“您知道，全世界的人也都知道，如果黑人酋长和他的民众不再消费商人们提供的邪恶的杜松子酒，政府的整个经济就会因为缺乏这必需的油脂而停止运转。当然，您是一名基督徒。当您见到您的朋友们时，或是在你们的秘密会议中，您很有可能会对我的客户苛刻，请记住你们的主的警句：‘你们洗擦杯盘的外面……你们把薄荷、茴香及各种菜蔬捐献十分之一，反而将公义及爱天主的义务忽略过去。’”

在和夸曼克拉握手分别时，“教授”对他的朋友说：“你刚才说的都是一些非常勇敢的话。但可以肯定，你说的这些话会在近日给你惹上麻烦。我们一言为定了，无论什么时候你需要帮助，我一定会帮你。”

夸曼克拉低声地说：“我已经估算过所需的代价了。当那期限到来之际，我会需要你的帮助的。”

/ 第十五章

宛如透过漆黑的镜子

人类文明诞生伊始，各非犹太民族聚集在阿特拉斯山最靠近君士坦丁古城的地方召开了理事会。所有的民族都派代表出席了本次会议，除了埃塞俄比亚人。埃塞俄比亚疆土辽阔，它从地中海的海岸延伸出去，经过利比亚海域，穿过大沙漠，最后到达一个勇敢的民族——卡菲尔人居住的偏远地方。

各非犹太民族的这次会议如同众神的聚会一般。这些民族已经掌握了所有的知识，获得了足够强大的力量来使人们忘却远方的天国。在天国面前，这些地球上的民族就如蝗虫一般渺小。

在过去被称为异教徒的日子里，这些如同男子汉一样互相打仗的民族学会了一种新的战争方式，一种他们称为“外交”的方式。当被问及为何会发生这种变化时，他们解释这是由他们倡导博爱精神和化剑为犁的共同信仰决定的。因此，在这个全体会议上，各个民族都相互说着一些谁也不相信的圆场话。

但是这些勇士都非常认真地关心着一件事，那就是去获得埃塞俄比亚的灵魂。他们说：“我们都已经增长了知识，提高了能力。作为兄弟，我们不能再互相吞食了。但是，我们必须活下去。自我保护的本能告诉我们，必须要有一个可以自由活动的场所，这样我们的孩子及孩子的孩子才能茁壮成长。现在，在我们这些与会民族面前‘躺’着埃塞俄比亚从这个海延伸到那个海的整个区域。来吧，让我们从内部对它进行分裂吧。”他们全都同意这个提议，但对如何实现这个目标却有不同的意见。

一个民族说：“既然我们都是基督徒，我们该怎么做呢?”另外一个民族说：“那些怀疑的人只是接受我们的忠告比较慢而已。这事很容易。我们只需要到埃塞俄比亚人中去，把我们的信仰教给他们，这样就可以把他们——无论是他们的身体还是灵魂、土地、财物等——永久性地变成我们的。”这个提议让他们所有的人都兴奋不已。

这次非犹太民族会议之后的第三年，来了一位强大的王子。他从日落的地方扬帆而来，下锚停泊在几内亚湾海水流淌过的埃塞俄比亚地区。他没有一名随从，没携带武器，也没有任何权力的外在迹象。他手持一个简单的十字架和一些礼物。没见过世面的人们敬畏地聚集在他身边，他们以为这个陌生人是一名来访的神。但是这个白人分发给他们的礼物使他们放松了下来，他带来的酒让他们以为这就是众神饮用的琼浆玉液。

埃塞俄比亚人中也有一些有见识的人，他们摇摇头说这事不会给他们带来任何好处。但是大众已经屈从于对这位新来的神的敬畏了，他们贪婪地吞咽着在他的圣坛上发现的一些好东西。不久，有见识的人们形成了一个团体，而大众形成了另外一个阵营。对于这一幕，这个陌生的来客显然非常满意。他从海的那边又带来了更多的老师。这些老师教的都是同样的教义。他们教得越多，人们就分成越多的小阵营，互相猛烈抨击对方。这些由同一个母亲哺育并玩着同一个玩具长大的神假装互相残害，内心深处，他们却为之高兴。通晓真相的他们相互使了个眼色，说大众也会这样紧随其后的。

当不加思考的大众发狂地效仿白人的行为方式时，当他们在贪欲之神面前屈膝下跪时，他们以为自己膜拜的是真正的神。他们似乎忘记了自己曾经是埃塞俄比亚人。

诸神聚在阿特拉斯山的天上审视凡人的所作所为。他们说："这些非犹太民族就如同拦在我们面前的一场梦。他们不知道自己在做什么。难道埃塞俄比亚人不是一个特有的民族，注定在世上起着独特作用的民族吗？马上阻止这些人的阴谋！"

于是，一个神降落到了尘世，来重新教导埃塞俄比亚人的生活方式。神不是在电闪雷鸣中来到世上的，而是装扮成一个毫不起眼的老师，一个在教友中宣传民族拯救和国家拯救的施洗约翰。

他四处宣讲同一个教义，这个教义用基督的话来说就是：一个民族如果失去了自己的灵魂，即使它获得了全世界，又有什么益处呢?

/ 第十六章

《民族解放总则》与爱德华·威尔莫特·布莱登

一九〇七年，非洲国立大学的夸曼克拉以客人的身份访问了美国的汉普顿学院。非洲国立大学成立于二十世纪初，是海内外的埃塞俄比亚思想家们提出的进行智能合作精神的成果。教育家们慢慢地开始明白他们不能盲目地效仿西方的做法，而必须要遵循民族智力发展的原有路线。出于这个原因，各教育中心都迫切渴望得到各种有关过去所犯的错误，以及在未来如何纠正错误之类的信息。

汉普顿学院一直以来都被公认为美国最好的院校。它的创始人是塞缪尔·查普曼·阿姆斯特朗，这是一个将会永远被全世界受过教育的埃塞俄比亚人推崇和铭记的名字。亚伯拉罕·林肯和他意志坚定的忠实支持者们在解放了非洲人的身体之后，正是塞缪尔·查普曼·阿姆斯特朗给美国的非洲人指明了解放自己灵魂的方向。

这一天是美国黑奴解放日。夸曼克拉到了汉普顿后，他发现从前的种植园庆祝这个节日的方式和这儿的庆祝方式有着极其明显的不同。不同于种植园那种老老少少喧闹的、粗野的、毫无意义的庆祝方式，这里的庆祝方式是有意地记录过去的一年中所取得的民族进步和实效。在汉普顿大学乐队的演奏声中，学生们鱼贯而入，进入教堂剧院。看到他们谦逊而又庄重沉稳的样子，真是振奋人心。不一会儿，整个剧院都响起了一阵窃窃私语声，当侧门打开，汉普顿校长和夸曼克拉及其他的教授登上主席台时，所有的学生全体起立，发出了一阵阵嘹亮的欢呼声。当主持人宣布夸曼克拉将会宣讲他们民族最重要的思想家爱德华·威尔莫特·布莱登的作品时，全场的观众表现出了极大的热情。他们一个个伸长脖子，倾听着夸曼克拉讲述的每一个字，仿佛在接受着一个全新领域带来的启示。夸曼克拉特别强调了布莱登博士广阔的视野。在过去至少四十年间，布莱登博士在其通过审查的著作中一直给他的同胞们展示一个更为远大的看法。在详述了博士的每一篇与众不同的评论后，夸曼克拉用下面生动的语言结束了演讲：

爱德华·威尔莫特·布莱登值得所有有思想的非洲

人尊重和关注，与其说是因为他为非洲某一个特定的民族所做的特殊贡献，还不如说是因为他为整个非洲民族所做的一般贡献。

布克·T.华盛顿和威廉·爱德华·伯格哈特·杜波依斯等人的作品是排外的、区域性的。而爱德华·威尔莫特·布莱登的作品是普遍性的，涵盖了整个民族及整个民族的问题。

我说这话是什么意思呢？我的意思是说，布克·T.华盛顿追求的是促进美国黑人的物质文明，威廉·爱德华·伯格哈特·杜波依斯追求的是在一个不适合民族发展的环境中取得社会选举权，而爱德华·威尔莫特·布莱登在过去的二十多年中，一直致力于研究非洲的个性：他就非洲在世界经济中的地位提出了独特的见解和想法；他提出了非洲作为人类种族所肩负的责任；最后也是最重要的一点，他引领他们恢复民族自尊。这些年来，他一直独自在狂野中呐喊，呼吁所有非洲的有志之士回到上帝刚创造人类时的本土，通俗地说，就是要他们学会忘掉所有外来的有关非洲人智慧的诡辩。大概七十年前，他出生于西印度群岛，在异国成长，但他始终保持着非洲人的品性。今天，他是非洲民族和子弟精神实质的最伟大的典范。

需要特别强调的是，美国黑人学派认为，在白人发展过程中，黑人一直努力在智力和物力上证明自己是一个人。而在以布莱登博士为代表的非洲学派中，黑人正着手进行一个更为高尚的任务，那就是，跨越自然和国界，找到自己在宇宙中真正的位置。这就是黑人民族思想家的两大学派之间最显著的差别。爱德华·威尔莫特·布莱登一直在强调这个差异。今天，我们所有的人都为他自豪，他也是当之无愧的非洲学派的领袖。

对越来越多的黑人青年而言，除了他人格上的魅力以外，布莱登博士的影响还体现在他的作品和言论中。他不断地揭示了促使黑人民族从一个胜利到另一个胜利不断前进的真正动力。他想对他的人民说的话归纳起来就是：人，必须认识自己。

以前在狂野中孤独呐喊的声音突然变成了一个国家、一个民族号召其大西洋彼岸的同胞们恢复他们思维方式的声音。我们痛苦地注意到了经历风雨后美国同胞们的艰苦努力，今天，我们请求他们回到最基本的原则，回到最初的、种族的观念上来，回到可以恢复他们灵魂的非洲源泉旁的凉爽溪边来。

显而易见，美国黑人必须亲自接触他们祖先的一些普遍性的传统和制度。尽管寄居在异乡，他们也必须努力保持其种族的特性。如此，也只有如此，他们才能在将来像古以色列人走出埃及那样，取得真正伟大的成就。

爱德华·威尔莫特·布莱登是一名非洲原始思想领袖中的领袖。为了避免这位先知在他的同族中无人尊敬，我很高兴在这样的场合有这样的荣幸和机会来向他表示他应得的敬意。

接下来的好多天，汉普顿学院的学生谈论的几乎全是演讲中提到的关于民族目标的全新观念。多年以后，有人指出，这个演讲给汉普顿学院出色的种族工作带来了全新的色彩和意义。

/ 第十七章

民族解放细则：非洲民族性

无论在非洲大陆的东部、南部或者西部，还是在美国上百万的埃塞俄比亚子孙中，非洲人的呼声归根到底就是要求在生存的斗争中获得机会和自由。种族领导者的关注点似乎在于发现权力和自然努力的途径，以最终确保本民族的个性得到应有的承认。

种族问题也许在美国最严重，但也有迹象表明，在非洲大陆本身，种族问题也有越来越多的具体表现了。曾有报道说，现任印度马德拉斯总督的亚瑟·罗利[①]离任德兰士瓦总督前，在一个公开的讲话中提到了"黑祸"是一种既定的事实，他建议白人在这个潜在的敌人面前要巩固自己的武装力量。黑人种族领袖们迄今为止都非常谨慎。他们非常明智地建议非洲人在遇到任何对己不

①亚瑟·罗利于1906—1911年任职印度马德拉斯总督。

利的武装力量时都要尽可能地采取不抵抗的原则。当前，要使非洲民族获得应有的认可，与其去展示他们的物质力量和能力，还不如采用更温和的用事实逻辑和成就来说服的方式，这是所有理性的人都会听从的方式。

世界各地的非洲人都面临着双重的危险。这是一个拼命地剥削埃塞俄比亚人的特定经济条件下产生的结果。据说，埃塞俄比亚人被迫为现实中的高加索人服务。正因如此，他们从未作为一个人完整地收获自己应有的劳动成果。他们为道路的建设贡献着，而他们本人可能不会在这条路上走。（你可以把这句话看成是一个比喻，也可以看成是一个事实，随你喜欢。）他们帮助增加了财政收入，充实了国库。然而，在绝大多数情况下，他们也没能对这些财政收入或国库进行有效的控制，如果有过控制的话。简而言之，他们在所有的种族中被标记为一个被区别对待的种族，他们的任何超越自己身份的尝试都会遭到各个种族中贵族阶级的憎恨。事实上，他们无论到哪里，都被人提醒，说他们只能想着成为伐木工人或取水工人。因此，就常常出现这样的情况：当上帝宠儿中的一些人偶尔考虑埃塞俄比亚人的命运时，他们就会遭到嘲笑和奚落。即使在二十世纪，非洲人也会发现，甚至在自己的国家，他们要取得进展也是极其困难的。这也不足为奇。非洲人也许可以成为社会主义者，在审判日到来前也许可以通过传道要求改革。但是人类的经验表明，只有当相关人员已经进行了自我拯救，这样的改革才会发生在一个阶级或一个民族身上。因此，我们还有待吸取的教训是：我们不能违反自然规律而期待真正的成功。

然而，在一些著名的例子中，黑人似乎在面对眼前的困难时决心采用最顽强的抵抗的原则。知识是人类的共同财产。埃塞俄比亚人寻求工业和技术培训上最高的文化成就和效率也是一个非常合理的理念。吸引公众就他们在这方面的能力发表舆论对这个民族来讲是最好的。但这还不够，因为各种族、国家和民族都有某些与众不同的特点，如果忽略这些特点，就必将对这些特定的种族、国家或民族造成损害。一个人在学习知识的时候，如果不能批判性地吸收知识，那他就只能成为一个模仿者。采用和吸收了西方文化的日本人做得很好，因为在他们身上有一些明显的东方人的特性。他们首先要求使用自己的本族语，他们有他们自己的文化。在对其他国家的权威作品的翻译中，他们的文化得到了充实。他们尊重祖先的各种制度和习惯。历史也激励着他们。他们没有抛弃自己的民族服装。如果他们时不时地穿上西方的服装，那也是为了方便才这样做的，就同苏格兰人走出边境后，如有需要，就会把自己的高地服装收起来一样。举例来说，今天的美国黑人依然承受着现在还轻视他们的那些人的祖先在多年前强加给他们的不公正的待遇，这不是他们的过错。但是，他们能够做到让美国的白人随着时间的流逝学会尊重和欣赏他们的人性。要实现这一点，最稳妥的方法不是模仿而是发挥他们的独创性和自然主动性。埃塞俄比亚人不仅必须精通艺术、科学、技术和工业，而且必须得进行一个科学的探究过程，这个过程将会向他展示埃塞俄比亚民族宝库内众多美好的事物。

如果有非洲血统的人不嫌麻烦去查阅自己的家族传统，那他们就会发现，在美国也许只有少数几位不能把自己的亲属关系和血缘关系追溯回西非的这个或那个伟大的部落。既然仔细的调查已经表明非洲土著居民的各种制度经得起科学的处理，那么，对由非洲人负责的那些美国文化和教育中心而言，还有什么比设立研究这个领域的教授职位更容易的事呢？我们的一些同胞从前在美国遭受了奴役。黑人民族历史上的这一事件使得西方文化的精华部分得到了更快的传播和采纳。现在，无论在东方还是在西方的非洲的子孙，他们可以给彼此提供一些特定的服务以共同发展埃塞俄比亚，让其在众多的民族中有一席之地。例如，东方可以向西方学习如何制订健全的教育政策，如何通过工业和技术的培训让土著居民充分利用他们的土地和自然资源。当然，西方也不应该反对从东方获得一些启示，如国家制度的保护、独特的装束和姓名的运用，就像日本人那样。对伦敦的东方留学生来说，当他遇见一个穿着明显是东方人的亚洲人时，一种东方人的自豪感会在他心中油然而生。他们不模仿任何人。他们满足于保持东方人的穿着。即使当气候条件迫使他们穿上欧洲的服装时，他们也会有意保留一些民族特征。相反，非洲人似乎永远不会满足，除非他们能使欧洲人这样描写他们：

“这个巨大的民族的状况是多么不同寻常，成千上万的人，没有土地，也没有他们自己的语言，没有他们原先所在国家的传统，他们以奴役他们的那些人的名字来命名……

“黑人元素是一种不能被归结到具有极大世界性的美国的元素。黑人必须悲惨地和白人分离开来。”以及诸如此类的话。

如果前文描述中有任何真实成分的话，它就只有一个意思，那就是，普通的美国黑人公民已经和他民族的过去失去了绝对的联系，现在他无助无望地在黑暗中寻找各种非天然的密切关系，以及既不是民族也不是自然原因造成的影响。这样，美国的非洲人比埃及的希伯来人的处境更糟糕。希伯来人保留了自己的语言、生活方式、习俗、宗教信仰和家庭守护神；居住在异国他乡的非洲人或埃塞俄比亚人会满腔热情又完全知情地说：如果我忘了你，埃塞俄比亚，那就让我的右手失去它的灵巧吧！让我们再来看看事情的另一面。如果成千上万的美国黑人在压迫者的土地上，吸收了西方文化中最精华的部分，但他们同时也继续忠实于自己的民族天性、灵感、习俗和制度，就像古代被俘的以色列人那样，那么这壮观的埃塞俄比亚民族的景象就会有多么的不同寻常！当这更令人愉快的景象可能成为现实时，那时候，也只有那时候，我们被奴役的人民才有可能这样说：“我们在不久的将来会像古以色列人走出埃及那样创造出真正伟大的成就！”

也许有人会问："你是不是说着装和生活习惯的问题一点也不重要?"我会断然地回答："它们很重要。"它们归根到底关系着埃塞俄比亚人的自尊。如果我们在打扮和生活方式上没有机械地模仿我们的老师们，那么白人理所当然地会比现在更认真地来看待黑人。因此，有教养的非洲人采用独特的装束将会使埃塞俄比亚人的进步和发展明显迈进一步。请听听最伟大的权威者对于民族生活所说的话："看呀！我照着耶和华所吩咐的将律例典章教给你们，使你们在所要去为业的地上遵行。所以你们要谨言遵行。这就是你们在万民眼前的智慧，聪明。他们听见这一切律例，必说：'这大国的人真是有智慧、聪明。'"的确，我们的人民正在追寻知识的宝藏，而忽视了智慧和真正的理解，因此他们在日常生活中就成了其他民族的笑柄。

因此，有教养的西非人应该在全世界的埃塞俄比亚人中发起一场改革，让他们记住：作为一个民族，我们有我们自己的律例，还有我们祖先创建的不能忽视的各种习俗和制度。在黄金海岸的我们正朝着这个方向做出巨大的努力。尽管对于我们中的有些人来说，欧洲人的习惯不会轻易消亡，但是，这样的努力还是值得的。即使我们这一代不能成功，我们的下一代也一定会成功的。这场运动取得的进展也许可以从下面的报道节选中看出。这是一篇关于"英国女王陛下的黄金海岸"的首领阿布比奥四世的加冕礼的报道，刊发在一九〇七年二月二十四日的《黄金海岸领袖》

上。在报道中，记者说：

> 我第一次意识到，如果受过教育的居民回到以前的时代，学习一些他们祖先优雅简洁的衣着，黄金海岸的确会更令人振奋和有趣。学者们穿着本族的服装看起来非常高贵庄严。他们中间没有可耻卑贱的人。女士们也同样如此。

所以，我希望就像在爱尔兰建立盖尔人联盟一样，在整个美国也能形成埃塞俄比亚人联盟。这样，我们就可以在日常生活中研究和使用芳蒂语、约鲁巴语、豪撒语与其他标准非洲语言。这个想法听起来也许会显得非常特别，但是，如果你真的这样认为，我只需要给你举爱尔兰和丹麦的两个例子。他们都发现实施民族保护和发展最安全也是最自然的方法就是保护民族语言。如果丹麦人和爱尔兰人觉得这样做在欧洲是有利的，那么，这就值得在美国、塞拉利昂、西印度群岛和利比里亚的埃塞俄比亚人考虑一番。

一位非常有名的作家特别强调了一个民族用自己的语言文化的优势："这些是实用性很强的重要因素。经过半个世纪的外国的教育方式，十年前，在爱尔兰，我们就有一个民族脱离了它自己的语言和文化。在爱尔兰，我们还有一个民族，它似乎不能理性地行事，它陷在贫困的绝望中。很显然这样的民族注定要消失。今天，我们在爱尔兰重新开始实施一套使用民族语言和遵循民族规律的教育体制。在实施这套教育体制的地区，我们在智能和物质繁荣上同时取得了明显的进步。”即使在美国，如果埃塞俄比亚人的灵魂还保留着埃塞俄比亚人的特性——从用他们的感伤丰富了人类感情的黑人歌曲中可以看出他们也的确如此——那么，所有人都得承认这一点，前面所说的话已经清楚地指出违反自然之道而又要完全保留非洲的民族性是不可能的。我真心地相信这些想法既会引起像布克·T. 华盛顿那样著名的教育家和在美国及西印度群岛的其他人的注意，也会引起西非的民族主义者的注意。这是一项艰巨的工作，但我相信我的同胞们有勇气和智慧来成功地解决这个问题。

/ 第十八章

民族解放：问题的症结

人类思想史上最令人感伤的篇章之一是《黑人的灵魂》一书[①]，它是由生活在美国佐治亚州亚特兰大市的威廉·爱德华·伯格哈特·杜波依斯所著的伟大作品。文章中所论述的内容已经引起了现代社会所有有思想的人的注意。欧洲的作家已经讨论过这个问题，非洲和美国的作家也不例外。但是杜波依斯博士的观点本身就很独特。它回忆了希伯来民族的历史，但它描述的既不是该民族事实上被奴役的阶段，也不是该民族得到自由的那一刻。迄今为止，希伯来人民在旷野里漫无目的地漫游着，而领导者尽管得到了许诺，却只看到遥远的某一天他们可能会得到拯救的一丝微

① 《黑人的灵魂》一书是美国著名的黑人解放运动领袖杜波依斯（W. E. B. Du Bois, 1868—1963）的一本散文集，叙述了美国黑人从南北战争结束后到19世纪末的苦难经历。

光。没错，这四十年[①]中的二十、三十年都已过去，全日照也许会在某一天突然出现。但即使是现在，民众必须抬起并支持摩西的强有力的手臂，以免上帝的选民逐日地消亡。

据说杜波依斯先生对这个民族问题感到非常感伤。我们的作者似乎在说："我就是一个问题。"那么，现在这个悲伤的问题就来了："成为一个问题你有些什么感受呢？"转入具体讨论中，他会回答："黑人成为继埃及人、印度人、希腊人、罗马人、日耳曼人和蒙古人之后的上帝的第七个孩子。他生来就盖着面纱，在美国这个世界中被赋予了预见力——在这个世界中，他没有真正的自我意识，而只能通过另外一个世界的启示来看清自我。这是一种别样的感受，一种双重意识，一种总是通过他人的眼睛来看自己、用另一个世界的尺度来衡量自己灵魂的感受，而另一个世界的人则以不屑与怜悯但又感到有趣的眼光观望着他。他已经感知到了自己的双重性：既是美国人，又是黑人；两个灵魂，两种思想，两种不可调和的斗争；同一个黑色的身体内有两个敌对的理想，他只能依靠顽强的毅力才不至于被它们撕得粉碎。"啊，这就是困难所在！可怜的埃塞俄比亚！把这压迫的烙印打到你犯错的孩子们的身上该有多痛呀！

现在，自我意识显然取决于自我启示，而自我启示之后就是

① "四十年"呼应《圣经》中摩西的故事。在领导以色列人出埃及之前，摩西在旷野生活了四十年。这四十年的旷野生活是神锻炼他的时期。

自我认识。但是就此而言，寄居在美国甚至在利比里亚和塞拉利昂的埃塞俄比亚人已经认识他自己了吗？他是否已经自我觉醒，就像浪子那样惊叫："天哪！我父亲雇用的工人也过着口粮有余的生活，我却在这儿挨饿吗?"不，他还没想到要不顾长兄的嘲弄起身去见自己的父亲。他还没注意到父亲正等着为庆祝他的灵魂的解放而设宴。不，他还不会穿上作为父亲之子的长袍，也还不会允许象征精神聚合和平等的戒指被戴到自己的手指上。可怜的人哪！他还没能吃上小肥牛，还闷闷不乐地坐在河边吃着一放入嘴就变成灰烬的约旦河的苹果。听听他的吁求："谁能把我从这些不相调和也不可调和的斗争的重负下拯救出来?"[①]请注意！他远离父亲的家后不久就选择了在灵魂上继续充当一个奴隶。这对他人来说是个谜，对自我而言就不会成为一个谜。古埃及的斯芬克斯狮身人面像是一个躺着的雕像，它有着狮子的头部，但又有大约公元前三九六〇年的埃及切普伦国王的特征。现在，想象一下埃塞俄比亚的坎迪斯女王或者埃及的切普伦国王正遭受着双重意识的困扰。看看那个具有象征意义的、沉着的雕像，你只会看到一个灵魂、一个理想、一种斗争，以及一个自然的理性的发展过程。再看一下，你一定会同意在这些极具代表性的类型中这个双重意识的想法是愚蠢的。这句话的确是真的：

---

①故事出自《路加福音》。

背负千年的重量，脊梁不再直立，
他斜靠在自己的锄头上，
双眼凝视着地面。
脸上是几个世纪的沧桑，
背上承载着整个世界的重负。

当然，我们本应该想到，能够承载他人的负担是一件体面的事，而这个辛苦努力的人本身不应该成为一个问题。

显然，杜波依斯先生是从一个在美国氛围中的非洲人的角度来创作这部小说的。当然，这不是他的错，因为他不了解其他非洲人。作为一个出生在美国的非洲人，他会陷入毫无机会主张最高的人性的状况中。因为美国是一个富裕的国度，也是一个个人可以用各种无情的手段来发迹的国度，在这里，弱者必须自己小心，无辜者的哀求引不起那些成功获得财富的人的注意。非洲人的人性要求埃塞俄比亚人不应该到白人那里去寻求机会或请求一个可以自由活动的空间，而应该自己创建机会和活动空间。

类似的想法唤起了一九〇五年在黄金海岸举行的泛非会议代表们的注意。这次会议是受黄金海岸土著人权利保护协会之邀而举行的，是为了解决非洲问题而在不久的将来必须建立起来的非洲国家集会的原型。会议上著名的发言者中就有夸曼克拉。读了杜波依斯博士发表在“非洲生活和习俗”版面上的伟大作品后，夸曼克拉深受影响。他说：

“在读了杜波依斯博士非常有启发性的文章后，我兴趣浓厚地继续阅读了《塞拉利昂新闻周刊》‘非洲生活和习俗’版面上的系列文章。我接下来要说的想法，都是受到了这些文章的启发。我的这些想法对于研究非洲问题、寻求适合民族解放的条件的学生来说也许会有一点用处。

“我相信正是这位博学的博士首次指出非洲不需要救赎。但是很少会有人质疑这一点：非洲必须从不利于民族发展的外来思想的束缚中解放出来。的确，比这更确定无疑的还有一点，即在美国、西印度群岛、东非、西非和南非的非洲人都需要忘掉很多。但不幸的是，只有一些在其他方面都有资格来领导民众的人依稀理解这条出路。因此，那些更早、更清楚地看到这条道路的人的神圣职责就是给其他人指明这条道路。只有这样，从此以后，无论什么时候，我们才都能听到前辈的警告声。

“带着来自丽晶广场或巴黎林荫大道的近期文明来到同胞身边的，对所有不愿采用他的观点和生活方式的黑人深恶痛绝的非洲人，在健康自然地发展非洲生活和非洲特质上不会或不能有多大的帮助。这也许就是我们面前这些系列文章的潜在教义，如果这不是全部教义的话。

“非洲似乎注定永远是一片神秘的大地。当我们以反传统者的任性，用现代方式推翻非洲的要塞，我们没保留什么可以使我们想起这个民族艺术般的历史和未来的东西的时候，不，当我们到处布置街道、鼓励商店像雨后春笋般地到处出现的时候，我们以为我们已经揭开了诸神的秘密。事实上，我们一直没能触及事情的实质。他们几十、几百人地住在许多森林峡谷中，但他们很少不受世俗的干扰成千上万地生活在峡谷中。你们的城市不是他们的城市，你们的金箔也不是他们的金子。他们所要求的只是尽可能少地被干扰。对于这样的民族，除了给他们自然发展的空间和机会外，你们还能做什么呢？

“我是在库马西主街上一间房子的走廊里写下这些话的。那间房子原本是国王的宫殿，现在已经被一幢丑陋的装有脏兮兮的百叶窗的楼房替代了，一楼还开设了一家更脏的商店。但里面的男人和女人都没有改变。他们的标志非常显著。当我看着他们在不同的人群中走来走去时，很容易看出往昔走在尼罗河岸上的男人女人和埃富阿·科比[1]幸存的子孙并没有很大的不同。当你看到老式的、不持久的、不坚实的四边形院子边上那些尚未建好的新式的海滨房子时，你就会很自然地想：到底只有无形的东西才是重要的。当你走进这些院子时，拿酋长的房子为例，你只会看到一些敞开的用柱子支撑的未加装饰的房间。这些人实际上住哪里呢？

① 埃富阿·科比（Efua Kobi）：1873年之前是现加纳阿散蒂地区的首领。

他们的贵重物品和家庭守护神都放在哪儿呢？没有人能告诉你。但是它们和金凳子[①]一样安全。这样，你就深入这些人的心中了，你的内心深处就会相信，所有象征着欧洲人的权威、责任和机会的标志比你在身边看到的不牢固的房子要更不持久。如何深入这样一个民族的内心并不会是一个无趣的研究问题。如果你成功了，你就抓住了一个在任何地方都可以安全运用的健康的民族发展原则的要点。

“再说一次，阿散蒂人是我喜欢的那种类型，因为他们还没有被传教士们不好的方法破坏掉。

“我记得曾经在库马西看到过拉姆奇牧师。他告诉我他已经断断续续地在阿散蒂工作了四十年。我问他有多少阿散蒂人会到他的教堂参加库马西礼拜仪式。他回答说三十人。他的助理更正了说有五十人。我又问他在库马西所有的阿散蒂人有多少。他说大概两百。他的助理也同时回答说：不是很多。助理阿萨雷牧师及其妻子都是已经接受了欧洲人习性的非洲人。我曾经穿着非洲服饰去拜访这些传教士。这些传教士，包括我的非洲朋友们，都认为我这样的穿着是得体的。我希望我这样的示范会给他们使命的成功完成带去很重要的意义。但是，不管怎样，今天的阿散蒂人不关心白人的宗教信仰和白人的生活方式，也许就和古代的埃及

---

① 金凳子（the Golden Stool）：加纳部落中王权的标志。根据古老的传统，加纳各部落都会用当地特产乌木精心制作一种凳子，俗称“金凳子”，专供大酋长在登基和其他重大庆典时使用。

人一样。

“你告诉这个所谓的异教徒他会不得好死，他会被恶魔掌控。面对这所有的一切，他好奇地倾听着，想着你说的是否是真的。那么，从今以后，他就会采取一种防卫的态度，但不太会是一种敌对的态度。从今以后，他只会请求不要去管他。然而，人们还是觉得这所谓的精神工作在这些地区取得的进展太小了。这片土地已经沉睡了四十年了。你们还不明白所有这一切的意图吗？打扰这个民族并没有使诸神高兴。在埃塞俄比亚之神把这个睡得正香的斯蒂芬斯叫醒前别去打扰她！因为她需要的与其说是多少宗教信仰，还不如说是知识，一种可以帮助她向等待着的世界解释她所拥有的信仰及她存在的原因的知识。

“弗里曼博士在他的《欧洲历史地理》中指出，‘异教徒’这个词最初指的是‘乡下人’，后来引申为‘敬拜虚假之神的人’。在这个词得到应用之前，保罗提到过一座刻着‘敬未知的神’的神殿，在那里人们无知地敬拜着这个神。因此，很显然，异教徒不一定是一个敬拜虚假之神的人。甚至马可·奥勒留也迫害过基督教徒，但是，可以设想的是，假如他生活在一个更晚的年代，他也许就会用基督教的措辞来表达他的哲学格言了。这就需要通过漆黑的镜子，而不是穿上以质疑基督的神性告终的知性的服装。根据神学家的理论，质疑基督的神性就是质疑上帝的神性的外套。

“在西非人的哲学中，没有理由表明基督不应该就是上帝。因为对他而言，人就是半神半人。但是一层薄纱把有限和无限隔开了。当死神拉开窗帘时，我们就没法知道人死后将会怎样。的确，科学地来解释，与现在的基督教相比，异教信仰可能会把基督放到一个更高的基座上。未被影响的受过良好教育的非洲人想要的就是安宁，一种可以让他理清想法、找到拯救自己的方法的安宁。

“我们提倡这些观点的人已经不再相信基督教了吗？不，不能因此而做出这样的判断。正是布莱登博士在他的《利比里亚的重要性》中写下了以下令人印象深刻的句子：

> ……我确信在欧美经过改造的基督教，因为它令人难以忍受的等级制度、等级偏见、局限性、金钱上的负担和苛求，也因为它对外来民族无害而有用的习俗进行的无理干涉等，已经不再是基督所倡导的基督教了。我同样相信基督的基督教不是一个会在黑暗和困惑中消失的、狡猾地捏造的虚言。我相信它的精神最终将会在人类的活动中获胜；耶和华的知识会像水充满海洋一般传遍地球。我相信耶和华的灵降在其身上的耶稣，因为耶和华已经托他传福音给穷人听，叫那破碎的心得医治、被掳的得释放、瞎眼的得看见、受压制的得自由。我相信：“日月所照之处，耶稣必为统治君王！”我也相信，所有的伪造品，不管它们看起来多么有前途、多么真实，

一旦真相出现，它们必将消失无踪。我们不应该因为这个名为基督的体系在这个大陆上毫无进展就气馁，它徘徊、停止，艰难地越过了这个极好的机会的门槛。耶稣的腿瘸了，因为他在朋友们的家里受了伤。我们必须包扎好他的伤口。当我们随着这位不朽的同胞的脚印时，我们必须背负十字架，跟随耶稣。我们必须剥去物质化的白种人给他穿上的无用、变形、妨碍行动的服装。让我们把耶稣高举到他应有的高位，让非洲人完全能看到他，而他也将吸引万人来归顺他！

“比宗教更值得考虑的是无忧无虑的埃塞俄比亚人的命运。他不一定非得通过基督来看到上帝，他也可以宽容地提及那场‘化身为上帝之子赢得我们生命’的战争。

“今年三月在塞拉利昂举行了一场意义非凡的婚礼。一位极有修养的非洲绅士和一位信仰伊斯兰教的女士结婚了。一九〇八年三月二十一日的《新闻周刊》中是这样提及这位女士的：‘没有任何想要改变她的意图，也没有任何使她改变父辈们的信仰或者她的民族服装的动机。’我记得曾经在一节火车车厢内无意中听到两个有教养的非洲人就这场婚姻的影响而展开的争论。他们都是塞拉利昂人。其中一位争论者提出的痛点就是政府将会对她这个夫人的身份做出什么样的反应，她在家里又会如何接待夫君的朋友们。现在，在民族发展上你有两个交战的因素：‘白人希望我做什么？从道理上和本性上来说，我应该做些什么？’在这两者之间，我们这个民族的勇气为了白人的便利而被抑制和牺牲了。

“注意，在塞拉利昂显得惊人的事在黄金海岸并不会那么引人注目，因为在黄金海岸，受过教育的男人和一个条件差的女人结婚很普遍。从我们的常识来看，其原因并不难解释。在林里捡拾柴火时生下孩子、安抚孩子，并将柴火和孩子一起安全带回家的非洲妇女和说起要回欧洲的家生产的非洲女士之间有着巨大的差异。后者是一个衰落的教育体制的产物，将和这个体制一起消亡。而前者在品性上有一个很好的根底，这个根底可以承受住千秋万代非洲人的生活和工作中所有的重量。

“关于婚姻，爱管闲事的传教士们已经犯下了一个大错，那就是：‘强迫他们在陆地和海上包围着的那些人接受一种伪善的生活并最终加入他们的教会。在加入教会前，所谓的皈依者通常都有着非常体面的公开的婚姻关系，而皈依基督教就不可避免地意味着他会采用各种借口和欺骗手段来掩盖以前的生活方式，而这不是所有精神上的体面都可以帮他无视这点的。’

“解决一夫多妻制的问题有粗俗的方法，也有科学的方法，还有精神上的方法。对普通人来说，一夫多妻制有精神上的一面看起来也许很奇怪。但是，仔细考虑后，他们就会发现这必定如此。在这件事上，和其他事情一样，存恶念者必遭恶报。

“困扰非洲人的教育难题就是西方的生活方式使他非民族化了。非洲人成了一个受西方生活方式和思潮影响的奴隶。他会渴望不再是个奴隶。未被西化的受过教育的非洲人一体现出主动性和主张个性的时候，他的外国导师就马上表现出愤怒。到目前为止，这就是事实。一九〇五年九月，有感于黄金海岸的一些公共事件，我在当地的报纸上写下了以下这些话：

> ……其次，我们觉得出于政党目的，受过教育的当地人被不公正地中伤了。他们的诉求和受过教育的威尔士人、英格兰人或苏格兰人的是一样的。无论如何，这是一种孩子气的诉求，是一种软弱的象征。难道当地人接受了教育，他就不再是土著人了吗？……但是如果没有这些受过教育的当地人，其他那些不谙世事的当地人又将何处安身？因此，这就是这种诉求的不足，它是‘受过教育的当地人’的陈词滥调而已。愿老天保佑受过教育的当地人对条件差的同胞永远不会缺乏一种责任感，或者永远不会背叛他们对他的信任。

“严格地说，以上所述适用于没被西化的受过教育的非洲人。在这一点上不得有错。另外一种类型的受过教育的非洲人对谁都没有好处。过于精致的非洲绅士们每隔两三年就提起为了防止神经衰弱而要逃到欧洲去的打算，他们也许是认真的，也许是开玩笑，但有一点是毋庸置疑的：他们最终将从非洲大陆上消失。

“现在我已经谈到这个首要的问题了：‘怎样教育西非才能保持它的民族特色和民族天性呢?’

“为谨慎起见，我一定会把学校设在一个远离海岸影响的地区。如果我现在为黄金海岸和阿散蒂创办一所国立大学，我会选择把库马西一个合适的郊区作为中心。我为什么要提到创办一所国立大学呢？原因很简单：没有一个好的培训场所，你就无法对一个民族实施教育。塔斯基吉学院就其方式来说非常有用，但是你能从哪请到教师呢？除非你从受过大学教育的非洲人队伍中把他们给吸引过来。既然教师自己也必须首先在当地接受培训，那么，建立一个最高等级的培训场所也就成了必然。

“在这样的一所大学中，首先，我会为历史学设立一个教授的职位。我想要教授的历史是世界史，尤其是提到埃塞俄比亚在世界事务中所起作用的世界史。我会强调这个事实：当拉美西斯二世为‘诸神之父和为自己的荣耀’而建造神庙时，希伯来人的神还没有出现在燃烧着的荆棘中的摩西面前。我会强调非洲是世界体系和哲学的发祥地，它哺育了世界各种宗教①。简而言之，我会强调在世上万国间，非洲没有什么可以感到羞愧的。我会使这个

①这可能是原作者的一种误解。

学术中心成为纠正当前有关非洲的错误思想的手段，成为提高非洲人自尊的方法，使它在把人类提升到更高层次的过程中成为一个高效的合作者。

“其次，我想要设立芳蒂语、豪萨语、约鲁巴语的教授职位。这个想法也许乍一听会觉得很奇怪。如果你这么想的话，我只需给你举爱尔兰和丹麦的例子即可。他们已经发现民族语言是实现民族保护和发展最安全、最自然的手段。既然丹麦人和爱尔兰人觉得这种方法在欧洲可行，那么我前面所说的也就值得非洲人考虑了。詹姆斯·奥哈内先生在一九〇五年十一月发表的《独立审查》第三百一十一页和三百一十二页写到了爱尔兰联盟的工作和民族语言的影响。他写道：

> 在我们了解它们之前，我们无法理解我们的历史、习俗和性格。举例来说，性格是先天遗传和后天环境共同作用的结果。就后天环境来说，再没有比我们所说的语言更有影响力的因素了。假如先天遗传和后天环境相对立，例如，一个民族遗传了凯尔特人的精神，却生活在一个说着英语的盎格鲁-撒克逊人的环境中，那他们会有什么样的性格呢？处在这种矛盾的十字路口的民族很可能会形成性格上的矛盾——他们有惊人的力量，但是却一次次地表现出软弱；他们有杰出的心智，但却没有

能力掌控物质文明的条件；等等。

“如果你还需要更多支持这个观点的例子，你可以看一下对牛津大学三一学院的A. G. 弗雷泽先生的采访，他现任锡兰康提市的三一学院校长。《泰晤士报》的记者是这样报道他的：

> 他特别强调在印度各学院内用本地语来进行教育的重要性，而不是采用当前常见的做法，即通过英语这个媒介来进行教育。大多数教会学校及公立学校现有的体制往往会把受过这种教育的人和他们自己民族的人明显地区分开来。他提倡的教育几乎和日本的方式相同，即把英语作为一门学科和文学进行彻底的教学；科学、工程、医学等专业用本地语而不是英语来进行教学；在村办学校和中央大学之间形成一个完整的链接。

“此外，我想把这个学术中心打造成一个享有盛誉的、颇具吸引力的学府。美国、西印度群岛、塞拉利昂、利比里亚、拉各斯和冈比亚的学生都会蜂拥而来。他们不是戴着高顶大礼帽、穿着绒面呢衣服来到这个圣地——这个民族保护的母校，而是穿着当年罗马人征服这个物质世界时的朴素的服装来的。穿着这些朴素的服装，我们也许能征服精神世界。

“很显然，从这样的学校毕业的学生将会是真正的男人，而不是外国体制下那种懦弱的混血的产物。

“三四年前，我很荣幸地陪同布莱登博士访问了英国皇家艺术学院。他提醒我特别注意一幅代表狼和羊居住在一起的名画。当我们都陶醉在这幅画中的美景时，他认真地说：‘一个小男孩将会领导它们——这就是非洲。’他的比喻给我留下了深刻的印象。我现在仍然认为他的这个思想中有很多值得我们思考的事。它同样给我留下印象的是：被期待来引导这个世界的再生工作的不是那些已经被西化的受过教育的非洲人，给我们指路的会是一个有利于民族发展的、出生并成长在热带环境下的未被外来文化影响的热带之子。

“古代宇宙之主的声音又一次响起，谁能替我们响应？谁能用良善启示我们呢？希望在地球各处的埃塞俄比亚子孙中会传来一个完整的、自由的、热烈的回应。”

/ 第十九章

相似性：希腊人和芳蒂人

此时，这个早熟的孩子已经十几岁了，开始学习错综复杂的希腊词根和拉丁语的后缀。他的父亲总是告诫他更应该注意那些重要的事。这位父亲时不时地会诱导自己的孩子对古人的思维方式和实践进行比较。他坚持认为对于一个年轻的芳蒂人来说再没有比这更好的智力、道德和民族教育了。当这年轻的孩子做得特别好的时候，这位父亲会让孩子从一个新的基础出发。作为鼓励，他会给孩子讲荷马的伟大作品中的故事。奇妙的是，这些故事反映了他们这个民族的日常生活。

在这个特别的时刻，当埃克拉·库沃拉条小凳子坐在他父亲的旁边，急切地等着父亲开始讲故事时，你大可想象一下他有多兴奋。但是年轻人看起来很失望，因为他的父亲并没开始讲故事，而是继续抽着烟，只塞给他一本由阿尔弗雷德·J.邱奇牧师翻译的优美的英语通俗版《奥德赛》。这本书因为常常翻阅已经显得破旧不堪了。

“怎么回事，父亲？您今晚不舒服吗？”

“不，不是这样的，我的孩子。我的身体一如既往的好，谢谢你。但是今晚我想让你读给我听。我想看看你是如何评论邱奇先生对这个大师的伟大思想做的巧妙的解读。你知道这场诸神的盛宴对有些人来说就像对牛弹琴。来吧！从雅典娜拜访国王阿尔喀诺俄斯的女儿瑙西卡那里开始吧。”

年轻人开始朗读了：“雅典娜说：‘喂！瑙西卡，你这懒惰的姑娘，你的母亲会怎样责备你？你美丽的衣服还放在衣橱里没有洗净呢，但是你结婚的日子即将到来。那天你必须穿上漂亮的衣服，而且也要给带领你到新郎房子的那些人准备漂亮的衣服。这才是一个为人称道的新娘应该做的。因此，天亮就起床去洗衣服吧。我陪你去……’

“第二天早上，瑙西卡从梦中醒来，她急忙起了床，走到父母那里。她看到她的母亲正和女仆们坐在炉子前纺紫线，在门口她遇到了正要和各位王侯前往议事厅的父亲。她就对父亲说：‘父亲，叫人给我准备一辆马车吧，我要到河边去洗衣服……’

“国王就让人准备好了马车，女仆们从瑙西卡的房里取出衣服，放在马车上。她的母亲给她装了一篮各种各样的食物，又把甜酒给她装在山羊皮袋内。母亲还给了她一瓶橄榄油膏，让她和女仆们沐浴后可以搽抹身体。瑙西卡亲自执缰挥鞭，驾着马车来到河边。”

当年轻人停下来喘气时，夸曼克拉说道：“故事读得很好。这是否让你想起每天发生在你身边的事呢?”

年轻人停顿了一下后回答：“这看起来和芳蒂的女人们准备去溪边洗衣服非常像。非常奇怪，它提到了沐浴后用油膏来擦身体。这不就是我们的民族做的事吗?”

“很好。非常棒的观察力，我的孩子。”夸曼克拉自豪地说，“你看，在我们这个过于文明的时代，洗衣女工和女佣清洗我们穿脏了的衣服。谁会想到国王的女儿会洗自己的衣服，更别提洗她父亲和兄弟的衣服了。但是，在古希腊，事情并不是这样的。出生最高贵的人也和我们现在未被宠坏的人民一样保持着与生俱来的质朴。另外，你在叙述故事时漏了一两点。阿尔西诺斯被称为国王。他的女儿在门口遇到了正要和各位王侯前往议事厅的他。这和我们这里的习俗有着惊人一致的地方，就像我们的奥曼欣做的那样。”

“‘你美丽的衣服还放在衣橱里没有洗净呢，但是你结婚的日子即将到来。那天你必须穿上漂亮的衣服，而且也要给带领你到新郎房子的那些人准备漂亮的衣服。’”他引用了原文，然后又补充说：“在婚礼和葬礼中，我们就是这样为引领我们的那些姻亲准备衣服的。”

当年轻人开始理解他父亲说的“那些重要的事”后，他就更富有感情地读起了那些描写奥德修斯和瑙西卡的相逢、瑙西卡亲切的谈吐和款待，以及奥德修斯进入阿尔喀诺俄斯宫殿的无与伦比的篇章。

“这样的一个宫殿！高大的殿堂金光灿烂，如同太阳放射着光芒。宫门两边是镶铜的宫墙。内廷有黄金大门，银制的门柱。门的两旁立着由赫淮斯托斯铸造的金狗银狗。从入口到内廷的墙边是一排软椅，王侯和贵族们坐在这里饮宴。在高高的托架上立着金童像，其手中举着火把，在饮宴时把大厅照得如同白昼。宫中有五十个女仆，有的磨面，有的织布。这里的妇女善于纺织，就像淮阿喀亚男人善于航海一样。宫廷外是一个异常漂亮的果树园，园内种着无花果树、苹果树、梨树、石榴树和橄榄树。这些树木不会因为干旱或寒冬而遭受损伤，可以一年四季不停地丰收。果园旁边是一个葡萄园。晶莹的葡萄在阳光下闪闪发光。有的葡萄树已经开始采摘了，有的葡萄树则刚刚绽出花蕾。果园的另一边花团锦簇，芳香沁人心脾。中间有两道永不干涸的泉水。”

“但是，”夸曼克拉注意到，“阿尔喀诺俄斯王的女儿并没有不屑于洗穿脏了的衣服。你会发现一些十分淳朴和熟悉的地方。奥德修斯应邀赴宴，侍从给他双手倒了一些水后，就有人给他肉食和甜酒了。所有的一切都会使出生在芳蒂的人觉得与这些希腊人在一起特别自在。”

“的确，”夸曼克拉继续说，“当人们翻阅《奥德赛》这个精彩的故事时，他们就会碰巧发现希腊人和芳蒂人在思想和行为上有着惊人的相似。”

“给我讲讲吧。”年轻人热切地向父亲提出要求。

“好吧，”夸曼克拉继续说，“在希腊人的思想中，再没有比神这个概念更引人注目的了。芳蒂人伟大的尼亚克罗庞神或尼亚米神[①]和希腊人的宙斯相当，而阿布苏姆神[②]就相当于希腊神话中较不重要的神了。希腊人所说的‘橡树当中的神谕’和芳蒂人所说的‘奥多姆树上的布苏姆’表达的意思相同。同样，芳蒂人祈祷时，他们会向尼亚克罗庞神请求。为了把尼亚克罗庞神和其他较不重要的阿布苏姆神区别开来，他们会把前者称为‘米卡尼亚克罗庞’[③]，就像希腊人把主神和其他较次要的神区分开一样。此外，希腊人精神上的官能和芳蒂人一样敏锐。现在芳蒂诸神可以自由地和凡人交流，就像希腊的海神普罗特斯、海神波塞顿或者宙斯的女儿雅典娜那样。他们的职务都是相同的，因为如果人类留意，他们仍可以获得采取行动的激励，就像很久以前雅典娜从奥林匹斯神山降落下来时对多疑的奥德修斯说：‘你为什么这样沮丧而怯懦呢？一个人可以依赖他在人间的朋友，但人类比诸神更软弱。

① 尼亚米神（Nyami）：芳蒂语，是芳蒂人信仰的神。

② 阿布苏姆神（Abusum）：芳蒂语，是芳蒂人信仰的神。

③ 米卡尼亚克罗庞（Mika Nyiakrapon）：芳蒂语，意思是“伟大的尼亚克罗庞神”。

你为什么不相信我呢？我肯定和你一起，我也会一如既往地保护你。你可以放心地睡了，因为整晚提防着是一件在精神上很痛苦的事。’”

“咦，这读起来就像《圣经》中的篇章一样。”年轻人说。

“没错，”思想家若有所思地继续，“上帝不是只在希伯来语的经文中对人类说过。但是我想说，一个人可以几乎无限地继续下去，到处收集思想的精华。举个例子，当珀涅罗珀对欧迈俄斯说：‘把这外乡人带进来吧，你难道没留意到当我说话时我儿子是用打喷嚏来祝福的？’我不知道打喷嚏祝福的想法是否出现在其他语言中，但是当有人在他面前打喷嚏时，芳蒂人会说‘阿康姆耶伊’[1]，这其实表达了相同的意思。此外，向众神献上祭品及奠酒祭神祭先祖的习俗对希腊人和芳蒂人来说同样很常见。你回想一下诗人提到奥德修斯的传令官欧律巴忒斯时的描述，他说：‘比他更老，深肤色，圆肩，卷发。’这让埃塞俄比亚人明白与古希腊人打交道会比与现代撒克逊人打交道获得更多的尊重。

凡事不可结党，不可贪图虚浮的荣耀。

只要心存谦卑，各人看别人比自己强。

各人不要单顾自己的事，也要顾别人的事。

---

① 阿康姆耶伊（Akam yey）：芳蒂语，别人打喷嚏时对对方说的话。

你们当以耶稣基督的心为心。

他本有神的形象，不以自己与神同等为强夺的，

反倒虚己，取了奴仆的形象，成为人的样式。

既有人的样子，就自己卑微，心存顺服，以至于死，且死在十字架上。

所以，

神将他升为至高，

又赐给他那超乎万名之上的名，

叫一切在天上的、地上的和地底下的，

因耶稣的名无不屈膝，

无不口称耶稣基督为主，

使荣耀归于父神。

——保罗

喧嚣和呼喊静息了，

首领和君王都消逝了，

谦卑和痛悔的心，

依然是你古老的祭。

主万军之神啊，还求与我们同在，

恐怕我们忘记！恐怕我们忘记！！

——吉卜林

/ 第二十章

小孩子要牵引他们

一九二五年，各民族的思潮出现了一个巨大变化，而这个变化在某种程度上是由《黄金海岸民族和黑人评论》这个期刊所做的工作引起的。该期刊由夸曼克拉在二十世纪第一个十年末为了黄金海岸民族保护而发起，随着时间的推移，它已经扩大了范围，涵盖了整个民族的需求。在过去的十五年间，《黄金海岸民族和黑人评论》在埃塞俄比亚人的世界中自由流通，它的发起者和编辑也一直在和世界各地的黑人民族中的先进的思想者进行不断的沟通。

此外，无论是普通劳动者还是思想家，他们都开始明白物质上的争论，例如关于炸弹和炮弹的争论，并不是埃塞俄比亚人进步的方式。在进步的思想者看来，正如先知所预言的那样，小孩子要牵引他们。这是一种具有道德说服力的精神动力。它会像风一样，从人类未知的地方吹来，影响着这个世界的精神氛围。本可能发生的民族之间的大战也悄然化解。黑人民族最终学会了按照自己的自然发展规律来发展，白人需要黑人，黑人同样需要白人。该隐[1]的工作已经被仁慈的和解所取代。西方向南方呼唤，而南方则用夸曼克拉这名伟大的思想者的雷鸣般的话来回应：

“如果我们在这里失败怎么办？如果我们受当前一时的好处蒙蔽，那我们在黑人身上就只会看到一个强大的劳动工具。如果他对我们来说不是一个人，而只是一个工具；如果完全剥夺他的土地，尽管他已经展示出罕见的自耕农天赋，而现在很多大国已经因为它们的群众中缺乏自耕农而正在衰退；如果我们永久地强迫数百万黑人民众居住在我们城市的住宅群和贫民窟中，我们会更廉价地得到劳动力，但是我们也将失去五块地头也没法偿还的东西；如果他没有受过最高的劳动形式的教育，没有公民权利，如果我们不帮助他参与到我们的社会组织中来，他自己的社会组织就会分解；如果我们不用感激和同情把黑人束缚住，而是因为他们在血缘和肤色上与我们不同，我们就把这个巨大的群体变成一个庞大的、沸腾的、无知的底层阶级，那么，我宁可避而不谈这片国土的未来。”

对于这些听起来充满真诚和严谨的观点，埃塞俄比亚的劳动

① 该隐（Cain）：《圣经》中的人物，杀死了自己的弟弟亚伯（Abel）。

者和领袖们不由得报以同样的真诚和严谨。在由此产生的相互尊重和信任中，黑人可以向白人呼吁：

我从每一块姐妹土地上高高站起，耐心、疲惫而又明智，

安静冷淡的双眼中承载着这个世界的悲伤，

独自梦想着有个民族，独自梦想着有一天，

他人不再掠夺我的财富，咒骂着让我离开，

用那只脏手扮演一个对我大方的鸨母——

直到我奋起反抗，在他们经过的途中袭击，把他们踩踏到坟墓中。

我梦想着男人会祝福我，女人会尊重我，

孩子出生在境内，我的母性容光焕发；

城市飞速发展，

当我把我的财富注入世界的怀抱中，

我的名声就如同展开的旗子一般。

是的，这是一场神圣的休战，正是谦逊的精神给它做出了保证。这是一个人们在刚听到时很少会意识到其价值的令人吃惊的人生真理。已故的亨利·德拉蒙德用很罕见的方式强调了这个教训在现代社会的重要性，但他在这方面也没有传授新的东西。人

们为了名誉、财富和地位而辛苦劳碌，一旦获得，就会为自己浪费了那么多宝贵的精力和时间在这些愚蠢的行为上而感到惊讶。这样的做法和所罗门王的遥远时代的做法完全相同。在获得充分的权力、力量和统治权后，所罗门王把所有的一切都归于虚荣心。而相反的生活方式和苏格拉底及金字塔时一样古老。在推进人类进步的艰巨任务中，埃塞俄比亚愿意慷慨地扮演自己的角色。令人惊奇的是，在过去的二十世纪，各个大国还不曾学会这个伟大但又简单的道理。因此，它们往往为了改变其他民族的宗教信仰不辞劳苦，结果却只是让这些民族充满不安、背负重担。经过多年的耐心等待和磨炼，日本最终摆脱了从古代就保留下来的保守主义，至于印度，它现在正处于一种巨大的精神错乱的时期。狮子和熊正在自己的巢穴里受到威胁，而人类几乎不能相信他们的感官。但这并不是聪明人希望永久看到的有关日本的较好的部分。在向西方介绍东方文化上，也许没有人，无论是活着的还是去世的，比已故的小泉八云做得多。在他的杰出作品《心》中，这位能手强有力地挥舞着魔术棒，“讲述着日本的精神生活而非物质生活”。这正体现了我们这位作者非凡的能力。他讲述的是生活中的内心事物。他是属于推动同胞去思考的那类人。这样的人不一定总是很受欢迎，但是不管受不受欢迎，他们都是民族的救星。

假如幸运的话，黄金海岸现在可能已经取得非常了不起的发展了。奇怪但值得记录的是，那些对芳蒂民族性的刚萌发的愿望有引导作用——或者用一个更准确的词语，对芳蒂民族性的刚萌发的愿望有保护作用——的人早就注意到了潜在的民族主义可能性的征兆。他们根据分而治之的原则，把各部分随风分散到四方。但创造者的声音已经发出，正如耶稣复活一样，那些本将消失的希望也将从四面八方吹回，促使他们采取行动。记住，黄金海岸的人民和远在内陆的阿散蒂人在制度、语言、习俗和惯例上是同一时代的同胞，而后者的国家体制、英勇和精神上的骨气已经获得了全世界的钦佩。在过去相当长的时间内，尽管没有精准的武器，他们仍然是一股不可忽视的军事力量。可以想象，一旦撤销对他们的约束措施，他们固有的活力将会转换成促进政治和民族健康发展的手段。

也许，没多少人知道居住在黄金海岸奥菲河边这一带、首都是靠近海岸角的圭克瓦的登基拉人曾经统治过阿散蒂民族。登基拉王室后人中的安蓬萨姆和因特西姆·加基雷在阿散蒂历史上都是耳熟能详的名字。曾经有一段时间，阿散蒂人一听到他们的名字就惊恐万分。因特西姆·加基雷在某一年要求阿散蒂的贡品中必须有阿散蒂国王的一颗牙齿及其“最好”的妻子。正是他这样傲慢无礼的要求激起了阿散蒂民族对登基拉人的浴血奋战，最终迫使登基拉人投降。在其他政治事件的推动下，登基拉人后来迁徙到了黄金海岸。

如果你转而观察黄金海岸的阿散蒂人，你会发现他们是一群非常强大的人。他们脱离了内地的同胞，迁到了沿海地带，后来被称为芳蒂人。当博里博里芳蒂[1]从塔基曼来时，阿布拉图阿富斯们担任了先锋，但那时他们还不叫阿布拉，阿努玛布或者阿库姆菲这样的称呼现在都已经不为人所知了。正如刚才所说的那样，他们是一群非常强大的人，由几个在内陆时就是酋长的伟大领袖领导着。他们做的第一件事就是给他们的诸神纳纳穆找一个合适的住处。譬如，无论是过去还是现在，他们的雨神都被称为纳纳扬库姆[2]。芳蒂人第一个重要的中心就叫曼凯西姆，意思是“伟大的城市”。因为博里博里芳蒂这一大群人不可能居住在一起，所以不久他们就散居出去了。关于往阿布拉方向去的那些人的去向，留在原处的人得到报告说：“他们去向不明。”[3]阿布拉这个名字就是来自句子中的动词“阿布拉”。同样的，阿库姆菲的称呼来自库库姆菲，库库姆菲意为“密集人口”。库库姆菲人离开了大部队，定居在现在的阿库姆菲。

极富才气的芳蒂作家已经生动地描述了这些民族的政治体制。在他们的作品中，可以看到这是一个曾经非常和谐的、进步的、富有同情心的政府体制，是一个能够无限发展的政府体制。

此外，在这些民族的语言中有一些特有的基本思想。这是诗

---

① 芳蒂人的分支。

② 纳纳扬库姆（Nana Yankum）：芳蒂语，指雨神。

③ 原文为：Wo dzi tsir abura mu nu hu.

的语言。那些未被记录下来的歌曲都富含生命灵魂的深层意义。譬如，在词组“miwireh akitawu”中，单词“wireh”表示“内心的感情”，整个词组就表达“我的心紧紧地和你的心联结在一起”。他们深知神性的精髓，所以你会看到一些表示归因的词汇。例如，“onumankuma”表示“onu a obotum de oka de Madaku ma”，意思就是“他会说话，但唯我是给予者”，这显然与所有美好事物的永恒的给予者一致。另外一个表示归因的词汇“kwerampon”，即“ekwerina ebira pun wa onye”，意思是“如果你依靠着他，就没人能够把你们分开”，很显然这表达的就是“没有人能从我手中把你拉走”。那么，这些基本思想从何而来呢？它们不可能仅仅是偶然出现的。事实上，它们可以追溯到这个民族内心最深处的意识。

因此可以看出，黄金海岸的人民在某些方面和我们已经写到过的东方人几乎是一样的。但是，现在，她“从每一块姐妹土地上高高站起，耐心、疲惫而又明智”，她的耐心注定要引领精神领域。

毫无疑问，任何宗教中可取得的最高的个性发展形态就像那幅生动的塔尔苏斯的保罗肖像画中描述的那样。在那幅画中，保罗把谦逊看成是通往至高荣誉的门径。那么谁能怀疑，就这点而言，在所有国家中，埃塞俄比亚比其他任何国家都更好地代表了健全的个性？为了继续她的和平使命，所需要的就是互相交流的机会。可以设想某一天从尼日利亚北部可以到达乍得湖，而库马西有可能成为海岸角和开罗铁路线交会点的重要枢纽。当那种可能性真的发生时，埃塞俄比亚将会开始她的服务人类全体的精神使命。当她白发苍苍，从所谓的世界进步、目标及志向的束缚中解脱出来时，她将以谦卑地为人类服务的方式在前往上帝之路上继续前行。这样，先知说的那句话“小孩子要牵引他们”就会成真了。

浙江师范大学外国语学院

“非洲人文经典译丛”

百年来，非洲的文化思想飞速革新，知识分子既尽力重现往日历史传统的光辉，又在全球化的碰撞下迸发出新的思想火花，在文化领域留下了不可磨灭的思想印记。非洲大陆为世界贡献了许多杰出的文学家、思想家、政治家等。在中非合作越来越紧密的今天，人文领域的相互理解也变得越来越迫切，需要双方学者进行全方位、深层次、多角度的系统研究。

浙江师范大学外国语学院拥有国内高校首个非洲文学研究中心。中心旨在搭建学术平台，深入战略合作，积极服务于中非文化的繁荣与传播，为推进中非学术和文化交流做出新贡献。

国内首套大型“非洲人文经典译丛”以“20世纪非洲百部经典”名单为基础，分批次组织非洲文学作品及非洲学者在政治学、社会学、哲学、人类学等领域的重要专著的汉译工作，在此过程中形成一个高效实干的学术团队，培养非洲人文社科领域的译介与研究人才，构建具有中国特色的非洲文学研究学术话语体系。

浙江师范大学非洲研究院
“非洲研究文库”

非洲大陆地域辽阔，国家众多，文化独特。近年来，中国与非洲国家的交往合作迅速扩大，中非关系的战略地位日益重要。目前，中非关系已超出双边关系的范畴而对世界产生多方面的影响，成为撬动中国与外部世界关系的一个支点。

浙江师范大学非洲研究院是国内高校首家成立的综合性非洲研究院，创建的目标在于建构一个开放的学术平台，聚集海内外学者及有志于非洲研究院的后起之秀，开展长期而系统的研究工作，以学术服务于国家与社会。

“非洲研究文库”是浙江师范大学非洲研究院长期开展的一项基础性、公益性工作，秉承非洲研究院“非洲情怀，中国特色，全球视野”之治学理念，并遵循“学科建设与社会需求并重，学术追求与现实应用兼顾”之编纂原则，由国内外知名学者、相关人士组成编纂委员会，遴选非洲研究领域的重大重点课题，以国别和专题之形式，集为若干系列丛书逐步编撰出版，形成既有学科覆盖面与知识系统性，同时又重点突出各具特色的非洲研究基础成果，为中国非洲研究事业之进步，做添砖加瓦、铺路架桥之工作。